DADDY-LONG-LEGS

BY

WEBSTER

Illustrations
by The Author

NEW YORK
THE CENTURY CO.
1912

키다리 아저씨

Daddy-Long-Legs

진 웹스터 지음 | 허윤정 옮김

더스토리

차례

우울한 수요일

매달 첫째 수요일은 그야말로 끔찍한 날이었다. 내내 마음을 졸이며 기다려야 하고, 막상 닥치면 이를 악물고 견뎌낸 후에 서둘러 언제 그랬냐는 듯 잊고 싶은 그런 날 말이다. 바닥이란 바닥을 티끌 한 점 없이 청소하고, 모든 의자를 얼룩 자국 하나 눈에 띄지 않게 닦고, 침대의 침구들도 주름 한 줄 없게 말끔히 정돈해야 했다. 어디 그뿐인가, 잠시도 가만히 있지 않고 꼼지락거리는 아흔일곱 명의 어린 고아들을 깨끗이 씻기고 머리를 빗겨서 빳빳하게 새로 풀을 먹인 무명옷을 입혀야 했다. 그런 다음 아흔일곱 명 모두에게 예의 바르게 행동하라고, 후원 재단의 임원들께서 말을 건네시면 반드시 "그렇습니다, 선생님" 또는 "아닙니다, 선생님" 하고 내답하라고 거듭거듭 신신당부해야 했다.

무척 고된 시간이었다. 게다가 제루샤 애벗은 고아원 원생들 가운데 가장 나이가 많았기 때문에 힘든 일을 전부 도맡아야 했다. 하지만 늘 그랬듯, 이번 달 문제의 첫째 수요일도 마침내 그럭저럭 끝나가고 있었다. 제루샤는 고아원 손님들에게 대접할 샌드위치를 다 만들어 놓은 후 서둘러 식료품 저장실을 빠져나와 위층으로 올라갔다. 자신이 평소에 하던 일들이 남아 있었던 것이다. 제루샤는 네 살부터 일곱 살까지의 꼬마 열한 명이 일렬로 늘어선 작은 침대를 하나씩 차지하고 생활하는 F방의 담당이었다. 그녀는 어린 아이들을 불러 모아서 구겨진 옷매무새를 고쳐 주고 코를 닦아 주었다. 그러고 나서 저녁식사 자리로 보내려고 한 줄로 세웠다. 아이들은 빵과 우유와 건자두 푸딩을 먹으며 행복한 30분을 보낼 기대에 들떠서 기꺼이 착착 줄을 섰다.

아이들이 멀어져 가는 뒷모습을 보고 나서야 제루샤는 녹초가 된 몸으로 창가 자리로 가서 털썩 주저앉았고, 파르르 떨리는 관자놀이를 차가운 유리창에 지그시 갖다 댔다. 다들 제루샤를 불러대니까 새벽 5시부터 온종일 서 있었던 데다가 신경질적인 원장님이 야단치고 재촉하는 통에 몹시 지쳐 있었다. 원장인 리펫 여사는 후원 재단의 임원들이나 여성 후원자들 앞에서는 온화하고 점잖은 태도를 보였지만 평소에는 꼭 그렇지만은 않았다. 제루샤는 창밖으로 넓게 펼쳐진 얼어붙은 잔디밭을 바라보았다. 그러다가 고아원의 경계를 표시하는 높은 철책 너머에 시선이 닿았고, 굽이치는 산등성이를 따라 점점이 뿌려

10

놓은 듯한 시골 저택들을 지나 잎이 다 떨어져 가지가 앙상한 나무들 한가운데에 솟아난 마을의 뾰족한 첨탑에 눈길이 머물 렀다.

그날 하루가 저물어 가고 있었다. 그것도 제루샤가 생각하기에 꽤 성공적으로 말이다. 후원 재단에서 나온 모든 후원자들은 다 함께 고아원을 한 바퀴 돌아보고 보고서를 검토한 뒤 차를 마셨다. 이제 그들은 가족이 기다리는 각자의 따뜻하고 활기찬 집으로 돌아가려고 서두르고 있었다. 앞으로 한 달간은 성가신 고아원 일은 잊고 지낼 것이다. 제루샤는 몸을 앞으로 내밀어서, 호기심과 동경이 가득 담긴 눈길로 고아원 정문을 미끄러져 빠져나가는 마차와 자동차의 행렬을 바라보았다. 맨 앞의 마차부터 차례대로 하나씩 따라가며, 언덕을 따라 점처럼 늘어선 저택들로 향하는 상상에 빠져들었다. 자신이 모피 외투 차림에 깃털로 가장자리를 장식한 벨벳 모자를 쓰고 의자에 기대어 앉아, 마부에게 무심한 말투로 "집으로"라고 말하는 모습을 떠올렸다. 하지만 문 앞에 이르러 문턱을 넘으려고만 하면, 상상 속 광경은 뿌예졌다.

제루샤는 상상력이 풍부했다. 조심하지 않으면 그 상상력 때문에 난처한 일이 생길 것이라고 리펫 원장이 주의를 줄 정도였다. 하지만 그 뛰어난 상상력으로도 그토록 들어가고 싶은 현관 너머로는 한 발짝도 들어갈 수 없었다. 의욕과 모험심이 가득한 소녀였지만, 가엾게도 열일곱 살이 되도록 평범한 가정 집에 한 번도 들어가 본 적이 없었던 것이다. 제루샤는 고아들에게 시달리지 않고 살아가는 보통 사람들의 일상을 도무지 머릿속으로 그려 낼 수가 없었다.

제- 루- 샤 애- 벗,
원장-실에서
널 찾-고 있어.
얼른 가 보는 게
좋을 거야!

성가단원인 토미 딜런이 노래를 흥얼거리며 계단을 올라와 복도를 지나고 있었다. 토미가 F방에 가까이 다가올수록 노랫소리도 점점 커졌다. 제루샤는 창가 자리에서 내려와 고달픈 현실로 돌아왔다.

"누가 날 찾니?"

제루샤의 잔뜩 긴장한 목소리가 토미의 노랫소리를 끊었다.

원장실에서 리펫 원장님이.
아무래도 화나신 것 같아.
아-아-멘!

토미가 찬송가 흉내를 내며 나직하게 읊조렸지만, 일부러 약올리는 것 같지는 않았다. 원생들 중에서 제일 얄미운 꼬마조차도, 원장실로 불려가 화난 원장을 만날 위기에 처한 누나에게는 동정심이 일었다. 제루샤가 이따금 제 팔을 홱 잡아 당겨코를 박박 문지르긴 했지만 토미는 제루샤를 좋아했다.

제루샤는 양미간에 주름을 두 줄 나란히 잡고서 자기가 뭘잘못했는지 곰곰이 돌아보았다. 샌드위치가 너무 두꺼웠나? 땅콩 케이크에 껍데기가 들어갔나? 여성 후원자 중의 누군가가수지 호손의 스타킹에 난 구멍을 봤나? 이런! 내가 담당한 F방의 철부지 아이 하나가 후원자님께 무례한 말을 한 걸까?

기다란 1층 복도는 불이 꺼져 캄캄했다. 제루샤가 아래층으로 내려왔을 때, 이사 한 명이 늦게까지 남아 있었던지 열린 현관문 앞에서 차를 기다리며 서 있었다. 제루샤는 지나가면서그의 키가 몹시 크다는 인상만 얼핏 받았다. 그가 대기하고 있던 자동차를 향해 손짓했다. 자동차가 정면에서 다가오자, 눈부신 자동차 불빛에 그 사람의 그림자가 벽 위로 뚜렷이 드리워졌다. 다리와 팔이 점점 길쭉하게 뻗더니 복도 바닥에서부터벽에 걸친 희한한 모양으로 늘어났다. 마치 아주 커다란 장님거미daddy-long-legs*가 비틀거리며 서 있는 모습 같았다.

---

* 제루샤는 이때의 기억 때문에 미지의 후원자를 'Daddy-Long-Legs(키다리 아저씨)'라는 애칭으로 부른다.

근심으로 잔뜩 찡그러졌던 제루샤의 얼굴에 웃음이 번졌다. 제루샤는 타고난 성격이 명랑해서 별것 아닌 일에도 곧잘 즐거워했다. 후원 재단의 사람들을 생각하면 줄곧 숨이 막힐 듯 답답했는데, 그들에게서 이런 사소하지만 재미난 점을 발견한 것은 정말 의외의 수확이었다. 제루샤는 그 작은 사건으로 기분이 한결 좋아져서, 원장실에 들어갔을 때 원장에게 미소를 지었다. 놀랍게도 원장 역시 꼭 미소라고 말할 수는 없지만 적어도 상당히 상냥한 얼굴로 맞았다. 후원자들에게 보여주던 것만큼이나 즐거운 표정이었다.

"앉거라, 제루샤. 해 줄 말이 있다."

제루샤는 옆의 의자에 앉아 숨죽인 채 다음 말을 기다렸다. 자동차의 불빛이 창문을 비추며 지나가자 리펫 원장이 그 뒷모습을 흘긋 보았다.

"방금 떠난 신사분을 보았니?"

"뒷모습만 봤어요."

"재단 이사님들 중에서도 손꼽히는 부자인데다가, 우리 고아원에 엄청나게 많은 후원금을 내는 분이야. 성함은 말해 줄 수 없다. 자신이 누군지 밝히지 않아야 한다는 조건을 분명히 내걸었으니까."

제루샤는 눈을 조금 더 크게 떴다. 원장과 함께 후원자의 엉뚱한 면에 대해 이야기를 나눈 적은 이제껏 한 번도 없었다.

"그분은 우리 고아원의 남자아이들에게 관심을 주셨다. 찰스 벤턴과 해리 프리즈 기억나지? 그 애들 둘 다 미스터…… 그게, 바로 이 분이 대학에 보내 주셨어. 둘 다 열심히 공부하고 성공하는 걸로 그 많은 후원금에 보답했다. 다른 보답은 아무것도 바라지 않으셨어. 다만 그분은 오로지 남자아이들만 후원하셨다. 여자 원생 중에도 후원을 받을 자격이 충분한 아이들이 있다고 아무리 설득해도 소용 없었지. 아무래도 그분은 여자애들에겐 관심이 없는 것 같다."

"그렇군요, 원장 선생님."

제루샤는 이쯤에서 뭐라도 반응을 해야 할 것 같아서 나직한 목소리로 대답했다.

"오늘 정기 회의에서 네 장래에 대한 이야기가 나왔다."

리펫 원장은 갑자기 말을 멈춰서 제루샤를 긴장시키더니, 서서히 그리고 아주 침착하게 말을 이었다.

"너도 알다시피 대개 열여섯 살이 되면 여길 나갔는데 넌 예외였다. 네가 우리 학교 과정을 열네 살에 마쳤고 공부도 제법 잘했기 때문에 마을에 있는 고등학교에 진학시켰지. 네 품행이 늘 바르다고 할 수는 없었는데도 말이야. 이제 고등학교도 졸업할 테니 당연히 우리 고아원도 더 이상 네 뒷바라지를 할 책임이 없다. 넌 이미 다른 아이들보다 2년이나 더 머물렀으니까."

리펫 원장은 제루샤가 지난 2년간 이곳에 남아 있는 대가로 열심히 일한 것, 학업보다 고아원 일을 우선순위로 둬야 하기 때문에 오늘 같은 날에는 아예 학교에 가지 못하고 고아원 청소를 담당했던 사실 따위는 안중에도 없었다.

"아까도 말했듯이, 네 장래 문제 때문에 네 성적을 검토했다. 하나도 빠짐없이 철저하게 말이야."

리펫 원장이 피고석에 앉은 죄인을 심문하듯 바라보자, 제루샤는 죄지은 사람 같은 표정을 지었다. 성적에서 눈에 띄는 오점이라도 떠올라서가 아니라 왠지 그래야 할 것 같았다.

"물론 네 처지의 아이에게는 일자리를 마련해 주는 게 마땅한데, 네가 특정 과목들의 성적이 꽤 좋고 특히 영어 성적이 매우 우수하더구나. 우리 고아원의 시찰 위원이자 교육위원회 소속이기도 한 프리처드 양이 네 작문 선생님과 이야기를 나눠 봤는데, 너를 좋게 평가하셨다더구나. 네가 쓴 「우울한 수요일」이라는 수필까지 크게 읽어 주셨어."

제루샤는 다시 죄인 같은 얼굴을 했다. 이번에는 일부러 꾸민 것이 아니었다.

"내가 봤을 때 넌 이제껏 많은 은혜를 베푼 고아원에 대해 감사한 마음을 갖기는커녕 웃음거리로 만들었더구나. 내용이 재미있었기에 천만다행이었지 안 그랬으면 넌 용서 받지 못했을 거야. 하지만 네가 운이 좋았는지 미스터…… 그게 그러니까,

방금 떠난 신사분은 엄청난 유머감각을 지니신 모양이다. 그런 건방지기 짝이 없는 글을 보고 널 대학에 보내 주겠다고 제안 하시다니 말이지."

"대학에요?"

제루샤의 눈이 휘둥그레졌다.

리펫 원장이 고개를 끄덕였다.

"그분은 남아서 나와 몇 가지 조건들을 더 상의하셨다. 특이 한 조건들이야. 확실히 그 신사 분은 별난 구석이 있으신 것 같 다. 네게 독창성이 있다고 굳게 믿으시는지 너를 교육시켜서 작가로 키울 계획을 하시더구나."

"작가라고요?"

제루샤는 순간 멍해져서 리펫 원장의 말을 그대로 따라하고 만 있었다.

"그게 그분이 원하는 조건이야. 앞으로 어떻게 될지는 두고 봐야겠지. 그분이 네게 많은 돈을 주실 게다. 용돈을 관리해 본 경험이 한 번도 없는 너에게는 지나칠 정도로 큰 액수야. 하지 만 어찌나 상세하게 계획을 짜 놓으셨는지, 내 생각을 내비치 기가 어렵더구나. 그러니 올여름까지 이곳에서 지내면서 진학 준비를 하거라. 친절한 프리처드 양이 도와주실 거야. 기숙사 비와 등록금은 대학으로 바로 지불되고, 네게는 매달 35달러의 용돈이 4년간 전달된다. 그 정도면 다른 학생들과 비슷한 수준은 유지할 수 있어. 용돈은 그분의 개인 비서가 한 달에 한 번씩 전달할 텐데. 너는 그에 대한 보답으로 한 달에 한 번 편지를 써야 한다. 용돈 감사하다거나 하는 말 말고. 그런 말을 듣고 싶어 하시지는 않을 테니까. 공부를 잘 하고 있는지, 매일 어떻게 생활하고 있는지를 세세하게 쓰면 돼. 네게 부모님이 계시다면 그분들에게 보냈을 그런 편지 말이야.

편지 겉봉에 '존 스미스 씨 앞'이라고 써서 비서를 통해 전달하거라. 그분의 성함은 물론 존 스미스 씨가 아니지만, 이름을 밝히고 싶어 하지 않으시니 넌 그냥 그분을 존 스미스 씨라고 생각하면 된다. 그분이 편지를 쓰라는 이유는 문장력을 기르는 데 편지만 한 게 없다고 보시기 때문이야. 네게는 편지를 주고받을 가족이 없으니 이런 식으로라도 쓰라는 것이지. 게다가 네가 성장해 가는 것도 지켜보고 싶으실 테고. 그분은 절대 답장하거나 편지를 받았다는 표시도 하지 않으실 거야. 편지 쓰기도 질색이거니와 너 때문에 부담을 느끼고 싶지도 않으시니까. 그럴 일은 없을 거라 믿지만, 만약 퇴학을 당한다든지 하는 일이 생겨서 그분의 편지를 꼭 받아야 할 경우에는 비서인 그릭스 씨에게 편지를 쓰거라. 매달 편지를 쓰는 건 네가 무조건 해야 하는 의무다. 스미스 씨가 요구한 보답은 그것뿐이야. 그러니 빚을 갚는다고 생각하고 꼬박꼬박 편지를 보내 드리거라. 편지에 말투는 공손하게, 네가 교육을 잘 받고 있는 모습을 보여 드리도록 해. 네 편지의 수령인이 존 그리어 고아원의 후원자님이라는 사실을 항상 명심하길 바란다."

제루샤는 간절한 눈빛으로 문을 바라보았다. 흥분으로 머릿속이 빙빙 돌았다. 리펫 원장의 지루한 설교에서 얼른 벗어나서 차분히 생각해 보고 싶은 마음에, 제루샤는 자리에서 일어나 슬쩍 뒤로 한 걸음 물러섰다. 리펫 원장은 그대로 멈춰 서라는 손짓을 했다. 모처럼 연설하기 좋은 기회를 놓칠 수는 없었다.

"이렇게 드문 행운을 갖게 된 것에 고맙게 생각하고 있겠지? 너 같은 처지의 여자애들에게 이렇게 출세할 기회가 생기기는 좀처럼 쉽지 않은 일이야. 항상 명심해야 할 건……."

"네, 원장 선생님, 고맙습니다. 말씀 끝나셨으면 전 이만 돌아가서 프레디 퍼킨스의 바지를 마저 기워야겠어요."

리펫 원장은 문을 닫고 나가는 제루샤의 뒷모습을 입을 떡 벌린 채로 바라보았다. 아직 채 끝내지 못한 말들이 허공을 맴돌았다.

제루샤 애벗 양이
키다리 아저씨 스미스 씨에게
보내는 편지

퍼거슨 기숙사 215호

9월 24일

고아를 대학에 보내 주신 친절한 후원자님께

드디어 대학에 도착했습니다! 어제 네 시간이나 기차를 타고 왔습니다. 무척 신났어요. 기차를 처음 타 봤거든요.

대학은 정신을 차릴 수 없을 만큼 엄청나게 넓은 곳이네요. 방을 나설 때마다 길을 잃어요. 나중에 좀 적응이 되면 자세하게 쓰겠습니다. 학업에 대해서도요. 수업은 월요일 아침에 시작하는데 지금은 토요일 밤이라서요. 그래도 아저씨께 먼저 인사라도 드리고 싶어서 이렇게 편지를 씁니다.

누군지두 모르는 분께 편지를 쓰려니 기분이 이상해요. 하긴 제게는 편지 쓰기 자체가 어색한 일입니다. 편지라고는 태어나서 서너 번 밖에 써본 적이 없으니까요. 그러니 제 편지가 모범 답안이 아니더라도 너그럽게 봐 주셨으면 합니다.

어제 아침 고아원을 떠나기 전에 리펫 원장님과 매우 진지한 대화를 나누었습니다. 원장님은 제가 앞으로 살아가면서 어떻게 처신해야 할지, 특히 제게 이렇게 큰 은혜를 베풀어 주시는 친절한 신사 분을 어떻게 대해야 하는지 말씀해 주셨습니다. 커다란 존경심을 가져야 한다고 하셨어요.

하지만 자신을 '존 스미스'라고 불러 달라는 분에게 어떻게 커다란 존경심을 가질 수 있을까요? 어째서 조금이라도 개성 있는 이름을 고르지 않으셨어요? 꼭 제가 '친애하는 말뚝 씨'나 '그리운 옷걸이 씨'에게 편지를 쓰는 것만 같습니다.

올여름 내내 아저씨에 대해 많은 생각을 했습니다. 이제껏 혼자 외롭게 살아온 저에게 관심을 주는 누군가가 있다고 생각하니 마치 잃어버렸던 가족을 찾은 것 같은 기분이 들어요. 이제 저도 어느 가족의 구성원이 된 것만 같아 마음이 아주 편안합니다. 그런데 아저씨를 떠올릴 때 제 상상력이 제대로 발휘되지 않는다는 사실은 말씀드려야겠습니다. 아저씨에 대해 제가 알고 있는 건 세 가지뿐이니까요.

1. 아저씨는 키가 크다.
2. 아저씨는 부자다.
3. 아저씨는 여자애들을 싫어한다.

아저씨를 '여자애를 싫어하는 분'이라고 불러야 하나 생각했는데, 그건 제 자신을 모욕하는 일입니다. '부자 아저씨'라고 부를까도 싶지만 그건 아저씨를 모욕하는 일입니다. 마치 아저씨에 관해서 중요한 점이 오로지 돈뿐인 것처럼 들리니까요. 게다가 부유함은 본질적인 특성도 아닙니다. 아저씨가 평생 부자로 살지 못할 수도 있어요. 아주 똑똑한 남자들이 월 스트리트에서 파산하는 경우도 많잖아요. 하지만 아저씨 키는 틀림없이 앞으로도 계속 크겠죠! 그래서 저는 아저씨를 '키다리 아저씨'라고 부르겠습니다. 싫어하지 않으시면 좋겠어요. 또 이건 아저씨와 저만 아는 애칭이니까 리펫 원장님께는 비밀로 해요.

2분 후에 열 시를 알리는 종이 울릴 거예요. 이곳의 일과는 종소리로 나뉜답니다. 우리는 종소리에 따라 먹고 자고 공부해요. 이곳 분위기가 어찌나 활기찬지 내내 소방차를 끄는 말이 된 기분이에요. 아, 종이 울렸어요! 불을 꺼야 해요. 안녕히 주무세요.

제가 얼마나 규칙을 잘 지키는지 봐 주세요. 존 그리어 고아원에서 훈련받은 덕분이랍니다.

_존경하는 마음을 담아

제루샤 애벗 올림

10월 1일

키다리 아저씨께

저는 대학 생활을 정말 사랑해요. 그래서 저를 이곳에 보내 주신 아저씨께 깊이 감사드려요. 정말 행복하고 매 순간이 너무 신나서 잠을 못 이룰 정도랍니다. 이곳이 존 그리어 고아원과 얼마나 다른지 상상도 못 하실 거예요. 예전에는 세상에 이런 곳이 있는 줄도 몰랐는데. 지금은 여자가 아니라서 이곳에 올 수 없는 사람들이 가엾어요. 아저씨가 학생 때 다녔던 대학교도 이 정도로 멋지지 않았을 걸요.

제 방은 높은 건물의 위쪽에 있어요. 새 병동을 짓기 전까지 전염병 환자들을 수용하던 병동이었다는데, 같은 층에 저 말고도 여학생 세 명이 더 있습니다. 안경을 쓴 4학년 선배는 늘 우리에게 좀 조용히 해 달라고 말해요. 다른 두 명은 저처럼 신입생으로 샐리 맥브라이드와 줄리아 러틀리지 펜들턴입니다. 샐리는 빨강 머리에 들창코인데 아주 붙임성이 좋아요. 줄리아는 뉴욕 명문가 출신이라서 그런지 저랑은 아직 아는 체도 하지 않아요. 샐리와 줄리아가 한 방을 쓰고 4학년 선배와 저는 1인실을 씁니다. 보통 신입생은 1인실을 주지 않는대요. 1인실이 몇 개 없거든요. 하지만 저는 부탁하지도 않았는데 1인실을 차지하게 되었습니다. 아마도 교무처에서 정상적인 집안에서 자란 여학생이 고아와 함께 방을 쓰는 건 옳지 못한 처사라고 판단한 게 아닐까요. 고아라서 좋을 때도 있네요!

제 방은 북서쪽 모퉁이인데 창문이 두 개나 있어서 전망이
꽤 좋아요. 18년 동안 스무 명의 아이들과 방을 함께 쓰다가,
혼자 지내니 무척 평온합니다. 그 덕분에 처음으로 제루샤 애
벗과 사귈 기회가 생겼어요. 전 그 아이를 좋아하게 될 것 같
아요.

아저씨도 그럴 것 같으세요?

화요일

신입생 농구팀을 만들고 있는데, 제가 뽑힐 것 같아요. 전 몸
집은 작지만, 꽤 빠르고 야무진데다가 끈질긴 구석이 있거든요.
다른 친구들이 공중으로 뛰어오르는 동안, 저는 그 애들 발밑
에서 요리조리 피해 다니며 공을 잡을 수 있어요.

나무들이 온통 울긋불긋 물들고 낙엽 태우는 냄새가 공중을
가득 채우는 오후에 운동장에 나가서 다 같이 웃고 소리 지르
며 연습하는 게 굉장히 즐겁습니다. 이렇게 행복한 여자애들은
처음 보았어요. 그 중에서도 제가 가장 행복한 여자애입니다!

지금 제가 배우는 것들을 모두 담은 긴 편지를 쓸 생각이었
는데(리펫 원장님께 아저씨가 알고 싶어 하신다고 들었거든요),
방금 일곱 시를 알리는 종이 울려서 10분 안에 체육복으로 갈
아입고 운동장으로 나가야 해요.

아저씨도 제가 농구팀에 들어갈 것 같으세요?

_언제나 아저씨의

제루샤 애벗 올림

추신. (지금은 밤 아홉 시예요.)

방금 샐리 맥브라이드가 제 방문에 머리를 불쑥 들이밀더니 이렇게 말했어요.

"집이 너무 그리워서 도저히 못 견디겠어. 너도 그러니?"

저는 싱긋 웃으며 아니라고 말했죠. 잘 견뎌낼 수 있을 것 같다고요. 적어도 향수병만큼은 제가 걸릴 일이 없잖아요! 고아원을 그리워하는 사람 이야기는 들어 본 적이 없어요. 아저씨는요?

10월 10일

키다리 아저씨께

미켈란젤로라고 들어 보셨나요?

중세 이탈리아에 살았던 유명한 화가라고 합니다. 영문학 수업을 듣는 학생들 모두가 그 사람을 알고 있더라고요. 그래서 제가 미켈란젤로가 대천사*가 아니냐고 말했을 때 강의실 전

---

* 미켈란젤로(Michaelangelo)의 영어식 발음은 '마이클앤젤로'. 성경에 나오는 대천사 미카엘(Michael)에 천사(Angel)를 붙인 발음과 비슷하다.

체가 웃음바다가 되어 버렸어요. 미켈란젤로, 대천사, 비슷하게 들리지 않나요? 대학 생활에서 힘든 점은요, 한 번도 들어 본 적 없는 수많은 것들을 저도 당연히 알겠거니 여기는 거예요. 가끔은 무척 당황스러워요. 하지만 이제는 요령이 생겨서, 다른 학생들이 생소한 말을 하면 가만히 듣고 있다가 나중에 백과사전에서 찾아봅니다.

첫날 실수는 정말 끔찍했죠. 누군가 모리스 마테를링크*에 대해 언급했는데, 제가 그만 그 사람이 신입생이냐고 물었어요. 그 소문이 온 대학에 퍼졌지 뭐예요. 하지만 어쨌거나 수업시간에는 저도 다른 학생들 못지않게 똑똑합니다. 몇몇 학생들보다는 훨씬 더 똑똑하고요!

제 방을 어떻게 꾸몄는지 말씀드릴까요? 갈색과 노란색을 조화시켰어요. 벽이 옅은 담황색이어서 노란 무명 커튼과 쿠션을 샀고, 마호가니 책상(3달러에 중고를 구입)과 등나무 의자, 또 가운데에 잉크 얼룩이 있는 갈색 양탄자를 놓았습니다.

창이 높아서 의자에 앉아서는 창밖을 내다볼 수가 없어요. 그래서 서랍장에 붙은 거울을 떼고 천을 덮어씌워서 창가로 옮겼지요. 창가에서 걸터앉아 있기에 딱 알맞은 높이랍니다. 서랍을 빼내어 계단처럼 디디고 올라갈 수도 있어요. 정말 편해요!

---

* Maurice Maeterlinck. 벨기에의 시인이자 극작가.

샐리 맥브라이드가 졸업반 경매에서 물건을 고르는 걸 도와 주었어요. 샐리는 줄곧 부모님 집에서 자랐기 때문인지 방을 장식하는 방법을 잘 알아요. 아저씨는 진짜 5달러 지폐로 물건을 사고 거스름돈을 받는 것이 얼마나 재미있는 일인지 상상도 못하실 거예요. 저는 이제껏 돈이라곤 몇 센트밖에 가져 보지 못했거든요. 아저씨, 제게 용돈을 주셔서 정말 감사합니다.

샐리는 세상에서 가장 재미있는 아이입니다. 줄리아 러틀리지 펜들턴은 가장 재미없는 아이고요. 교무처에서 어째서 그 둘을 한 방에 배정했는지 도무지 이유를 모르겠어요. 샐리는 모든 걸 재미있어 하고(낙제하는 것까지도요!) 줄리아는 모든 걸 따분해 하거든요. 줄리아는 사람들과 굳이 친해지려는 노력 따윈 하지 않습니다. 펜들턴 가문이라는 사실 하나만으로도 아무런 노력 없이 천국에 갈 자격을 갖추었다고 생각하나 봅니다. 줄리아와 저는 애초에 숙적이 될 운명으로 태어난 게 틀림없어요.

지금쯤 아저씨는 제가 뭘 배우는지도 몹시 궁금하시겠죠?

1. 라틴어 : 제2차 포에니 전쟁. 지난밤에 한니발 장군과 그의 부대가 트라시메누스 호수에 주둔했습니다. 매복한 채 로마 군을 덮칠 기회를 엿봤고 오늘 새벽 4시에 전투가 벌어졌습니다. 로마군은 지금 퇴각 중입니다.

2. 프랑스어 :《삼총사》24쪽과 3군 불규칙동사의 변화형을 배우고 있습니다.

3. 기하학 : 원기둥을 마치고, 원뿔에 들어갔습니다.

4. 영어 : 설명문을 공부합니다. 제 문체는 나날이 명확하고 간결해지고 있습니다.

5. 생리학 : 소화계에 접어들었습니다. 다음 시간에는 담즙과 췌장에 대해 배울 거예요.

_배움의 길을 걷고 있는

아저씨의 제루샤 애벗 올림

추신. 아저씨는 술을 입에 대지도 않으셨으면 좋겠어요. 간에 몹시 해롭대요.

수요일

키다리 아저씨께

제 이름을 바꿨어요.

학생명부에는 여전히 '제루샤'로 쓰여 있지만, 다른 곳에서는 '주디'로 불려요. 생애 첫 애칭을 스스로 짓다니, 제가 참 안됐죠? '주디'도 딱히 제가 지은 건 아니예요. 프레디 퍼킨스가 아직 말을 제대로 할 줄 모를 적에 저를 그렇게 불렀어요.

리펫 원장님이 아기 이름을 고를 때 좀 더 독창성을 발휘하시면 얼마나 좋을까요. 원장님은 성을 전화번호부에서 고르는데, 첫 페이지에 '애벗'이 나와요. 이름은 그야말로 아무데서나 찾으셨고요. '제루샤'는 묘비에서 가져왔대요. 전 항상 그 이름이 싫었어요. 하지만 '주디'는 꽤 마음에 들어요. 사실 저에게 어울리지 않는 이름이죠. 저 같은 아이 말고, 가족의 귀여움을 독차지하며 응석받이로 자란 푸른 눈의 귀엽고 앙증맞은 아이에게나 어울릴 법한 이름이잖아요. 근심걱정 없이 명랑하게만 자라온 아이 말이에요. 저도 그렇게 될 수만 있다면 얼마나 좋을까요? 저는 잘못을 저질렀을 때, 가족들이 너무 오냐오냐하며 키운 바람에 버릇이 나빠져서 그렇다는 말은 결코 들을 일이 없겠죠! 하지만 그렇게 자라온 척하는 것도 엄청나게 재미있습니다. 혹시 언젠가 제게 편지를 보내시려거든 받는 사람이름에 '주디 앞'이라고 써 주시기 바랍니다.

비밀 한 가지 알려드릴까요? 제게 가죽 장갑이 세 켤레나 생겼어요. 예전에 크리스마스트리에 걸려 있던 손모아장갑 한 켤레를 가져 온 적은 있지만, 다섯 손가락이 달린 장갑은 난생 처음입니다. 그래서 틈만 나면 장갑을 꺼내서 껴 보고 있어요. 교실에서까지 장갑을 끼고 있지 않으려면 이러는 수밖에 없어요.

(저녁 식사 종이 울려요. 이만 줄이겠습니다.)

금요일

아저씨는 어떻게 생각하세요? 영어 교수님이 지난번에 제출한 제 작문에서 보기 드문 독창성이 엿보인다고 하셨어요. 진짜로 그렇게 말씀하셨어요. 교수님의 말씀 그대로예요. 제가 18년 동안 고아원에서 배웠던 것들을 생각했을 때 이건 정말 불가능한 일 아닌가요? 존 그리어 고아원의 목표는 (아저씨도 틀림없이 알고 계시고 마음속으로 수긍하실 것처럼) 아흔일곱 명의 고아들 모두를 아흔일곱 쌍둥이로 만드는 것이니까요.

제가 보인 특출한 예술적 자질은 어릴 적 헛간 문짝에 분필로 리펫 원장님의 얼굴을 그리면서 발휘된 거예요.

제가 어린 시절을 보낸 고아원을 비난하더라도 아저씨가 언짢아하지 않으셨으면 좋겠습니다. 하지만 아저씨가 칼자루를 쥐셨으니, 제가 너무 버릇없다 싶으면 언제라도 돈을 그만 보내셔도 됩니다. 이런 말씀을 드리는 게 무례한 행동인 줄 알지만, 제게 예의범절을 기대하지 마세요. 고아원이 교양 있는 숙녀들을 길러내는 곳은 아니잖아요.

아저씨도 아시겠지만 대학에서 진짜 어려운 건 공부가 아닙니다. 노는 거예요. 다른 아이들이 무슨 이야기를 하는 건지 저는 반도 못 알아들어요. 아무래도 (저를 뺀) 제 또래 아이들이 과거에 다들 경험했던 일과 관련된 우스갯소리들 같은데, 전이 세계에서 이방인이고 그녀들의 언어를 몰라요. 그럴 땐 정

고아

뒷모습   앞모습

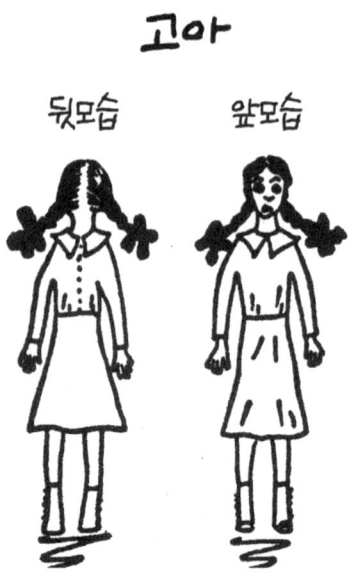

말 비참한 기분이 듭니다. 지금까지 늘 그래 왔어요. 고등학교 때는 여자아이들이 삼삼오오 모여 서서 절 빤히 쳐다봤죠. 제가 남과 다른 이상한 아이라는 걸 다들 알았거든요. 얼굴에 '존 그리어 고아원'이라고 쓰고 다니는 기분이었습니다. 그러다가 으레 선심 쓰는 아이들 몇몇이 다가와 품위 있는 태도로 말을 걸곤 했지요. 저는 그 애들이 모두 다 미웠어요. 특히 선심 쓰는 척하는 애들이 제일 미웠습니다.

　여기서는 아무도 제가 고아원에서 자란 줄 몰라요. 샐리 맥브라이드에게는 부모님이 모두 돌아가셨고 친절한 노신사분이 대학에 보내 주셨다고 했어요. 사실이잖아요. 저를 비겁한 아이로 여기실 게 두렵지만, 전 정말 평범한 아이가 되고 싶거든요. 제가 다른 아이들과 같아질 수 없는 가장 큰 차이점이 바로 제 어린 시절에 드리워진 그 끔찍한 고아원의 기억입니다. 그 기억을 외면하고 지울 수만 있다면, 저도 여느 아이들처럼 괜찮은 사람이 될 수 있을지도 모릅니다. 걔들과 근본적인 차이가 있다고는 생각하지 않으니까요. 아저씨는 어떻게 생각하세요?

아무튼 샐리 맥브라이드는 저를 좋아해요!

_아저씨의 영원한

주디 애벗 올림(예전의 제루샤)

토요일 아침

방금 편지를 다시 읽어 보니 내용이 온통 침울하네요. 하지만 월요일 아침까지 제출해야 할 과제물이 산더미고, 기하학 복습도 해야 하는데다, 심한 감기로 재채기까지 하고 있어서 그래요. 이해해 주실 거죠?

일요일

어제 편지를 부친다는 걸 깜빡했어요. 추신으로 몹시 화가 났던 일을 덧붙입니다. 오늘 아침 설교에서 글쎄 주교님이 뭐라고 그랬는지 아세요?

"성경에서 우리에게 해 주신 가장 은혜로운 약속은 바로 '가 난한 자들이 항상 너희들과 함께 있느니라'라는 말씀입니다. 가난한 자들을 이 땅에 만드신 이유는 우리로 하여금 자비로운 마음을 갖게 하기 위함입니다."

잘 들어 보세요. 가난한 사람들은 일종의 쓸모 있는 가축이 라는 거잖아요. 제가 이렇게 나무랄 데 없는 숙녀로 자랐기에 망정이지, 안 그랬으면 예배가 끝나는 대로 강단으로 뛰어올라 가 주교님께 제 생각을 똑똑히 말했을 거예요.

10월 25일
키다리 아저씨께

제가 농구팀에 들어갔어요. 왼쪽 어깨에 생긴 멍을 아저씨께 도 보여드리고 싶네요. 파란색과 적갈색이 섞인 멍 주위에 오 렌지색 테두리가 있어요. 줄리아 펜들턴도 농구팀에 끼고 싶어 했지만 그 애는 못 들어왔죠. 만세!

저, 참 못된 아이죠?

대학 생활이 갈수록 점점 더 마음에 듭니다. 친구들, 교수님들, 수업, 캠퍼스, 음식까지 전부 다 좋아요. 아이스크림이 일주일에 두 번 나오고 옥수수죽 따위는 한 번도 나온 적이 없답니다.

아저씨는 제 편지를 한 달에 한 번만 받겠다고 하셨죠? 그런데도 저는 사흘이 멀다 하고 아저씨께 편지를 보냈네요! 이 모든 새로운 모험들에 잔뜩 들떠서 누구에게라도 털어놓지 않고는 도저히 견딜 수가 없었어요. 제가 아는 유일한 대상이 아저씨잖아요. 그러니 빗발치는 제 편지를 이해해 주세요. 조금만 지나면 진정할 테니까요. 제 편지가 너무 성가시면 언제라도 쓰레기통에 던져 버리셔도 돼요. 11월 중순까지는 편지를 쓰지 않겠다고 약속드립니다.

_최고의 수다쟁이

주디 애벗 올림

농구를 하고 있는 주디

11월 15일

키다리 아저씨께

제가 오늘 배운 것인데, 들어 보세요.

'정각뿔대의 옆면의 넓이는 두 밑변의 길이의 합에 사다리꼴의 높이를 곱한 것의 2분의 1과 같다.'

진짜로 그럴 것 같지 않은데, 사실입니다. 제가 증명할 수도 있어요!

제 옷에 대해서는 아직 말씀드린 적이 없지요? 드레스가 여섯 벌이나 있는데, 다 새것이고 아름답고, 무엇보다도 모두 제 것으로 산 거예요. 남이 입다가 작아서 못 입는다고 물려준 옷이 아니에요. 고아의 삶에서 이게 얼마나 황홀한 경험인지 모르시죠? 제게 이런 기쁨을 주신 아저씨께 정말 진심으로 감사드립니다. 교육을 받는다는 건 좋은 일이죠. 하지만 새 드레스를 여섯 벌이나 가지는 현기증나게 짜릿한 경험과는 비교도 안 된답니다. 고아원 시찰위원인 프리처드 선생님이 옷을 골라 주셨어요. 리펫 원장님이 아니라서 천만다행이지 뭐예요. 비단에 분홍 모슬린을 겹친 이브닝드레스(그걸 입으면 정말 예뻐 보여요), 교회에 갈 때 입을 파란색 드레스, 동양풍으로 마감 처리된 빨간 베일의 만찬용 드레스(이 옷을 입으면 제가 집시 같아 보인대요), 장밋빛 샬리 천으로 만든 드레스, 회색 정장, 수업에 갈 때 입을 평상복, 이렇게 총 여섯 벌입니다. 이 정도 옷을 가지고는 줄리아 러틀리지 펜들턴에게 명함도 못 내밀지만, 제루샤 애벗에게는요, 세상에, 정말 과분해요!

지금 저를 어리석고 속물적인 아이라고, 여자애를 공부시키는 건 돈 낭비였다고 생각하시나요?

하지만 아저씨, 만약 아저씨도 평생 체크무늬 무명옷만 입고 살았더라면 지금의 제 기분을 이해하실 거예요. 고등학교에 입학해서는 체크무늬 무명옷보다도 훨씬 더 못한 것을 입었고요.

자선 상자에 든 옷 말이에요.

자선 상자에서 꺼낸, 생각만으로도 비참한 그 옷을 입고 학교에 갔을 때 얼마나 수치스러운 기분이 드는지 아저씨는 모르세요. 한 번은 하필이면 옷의 원래 주인의 바로 옆자리에 앉았고, 그 아이가 다른 아이들에게 제 옷을 가리키며 소곤대고 킥킥댔어요. 적이 벗어던진 옷을 주워 입어야 했던 쓰라림은 제 영혼까지 집어삼켰어요. 제가 앞으로 평생 실크 스타킹만 신는다 해도, 그때 받은 상처는 지워지지 않을 거예요.

최신 전쟁 속보!

전투 현장에서 소식을 전합니다.

11월 13일 목요일 새벽 4시, 한니발 장군이 로마군 전위 부대의 노선을 따라 카르타고 군사들을 이끌고 산을 넘어 카실리눔

평원으로 진입했습니다. 경무장한 누미디아 군이 퀸투스 파비우스 막시무스의 보병대와 교전 중으로, 두 차례의 전투와 소규모 접전이 벌어졌습니다. 로마군은 수많은 사상자를 내고 퇴각했습니다.

_전투 현장에서 아저씨의 특파원이 된 것을 영광으로 생각하는

J. 애벗 올림

추신. 답장을 바라면 안 되는 줄 알지만, 이것저것 질문해서 아저씨를 귀찮게 하지 말라는 주의도 받았지만, 그래도 이것만 알려 주세요, 아저씨. 나이가 아주 많으세요, 조금 많으세요? 완전히 대머리세요, 아니면 조금만 벗겨지셨나요? 아저씨의 모습을 그리는 건 기하학의 정리를 이해하는 것만큼이나 어렵네요.

키가 크고 부자이면서 여자아이들은 싫어하는 남자이긴 하지만, 당돌한 한 소녀에게만은 몹시 너그러운 아저씨는 어떻게 생기셨을까요?

답장을 기다릴게요.

12월 19일
키다리 아저씨께

결국 답변이 없으시네요. 하지만 이건 아주 중요한 일이에요.

아저씨, 대머리세요?

아저씨의 모습을 꽤 정확하게 그려내고 있는 것 같아 몹시 뿌듯했는데, 문득 머리 부분에 오니까 막막해요. 흰색인지 검은 색인지, 희끗희끗한지 아님 혹시 머리카락이 하나도 없는지, 어 떻게 그려야 할지 도무지 갈피를 잡을 수가 없어요.

이게 제가 생각하는 아저씨의 모습입니다.

그러니까 문제는 말이에요, 머리카락을 좀 더 그려 넣을까요?

눈동자 색깔은 무엇인지 궁금하지 않으세요? 눈동자는 회색 이고 눈썹은 현관 지붕처럼 툭 튀어나왔어요. (소설에서는 '돌 출했다'라고 표현하더라고요.) 그리고 입꼬리는 아래로 처지고 입은 한일자로 다문 모양이에 요. 있잖아요, 이제 알겠어요! 아저씨는 무 뚝뚝하고 괴팍한 노인이시군요.

(예배 시간을 알리는 종이 울리네요.)

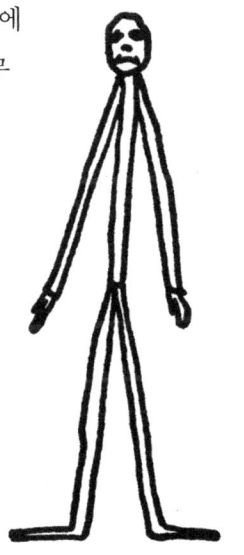

밤 9시 45분

반드시 지켜야 할 규칙을 하나 만들 었습니다. 아침에 제출할 과제물이 아 무리 많아도 절대로, 절대로 밤에는 공 부하지 않기로요. 그 대신 교과서 이외 의 책들을 읽으려고 합니다. 아시잖아요, 제게 있는 18년이라는 공백을 채우려면 책을 읽어야 합니다. 제 머릿속이 얼마나 텅 비어 있는지 아무리 말씀 드려도 아저씨는 못 믿으실 거예요. 저도 요즘에서야 깨닫고 있는 걸요.

반듯한 가정에서 가족과 친구들과 어울리며 서재가 있는 환경에서 자란 애들은 자연스레 알고 있는데, 저는 들어본 적조차 없는 것들이 많습니다.

예를 들면 이런 거예요. 저는 《마더 구스 이야기》나 《데이비드 카퍼필드》, 《아이반호》, 《신데렐라》, 《푸른 수염》, 《로빈슨 크루소》, 《제인 에어》, 《이상한 나라의 앨리스》, 러디어드 키플링 Rudyard Kipling의 시를 읽어본 적이 없습니다. 헨리 8세가 몇 번 결혼했다든가 셸리가 시인인 것도 몰랐어요. 예전에는 사람이 원숭이였다거나, 에덴동산이라는 아름다운 신화도요. R. L. S.는 로버트 루이스 스티븐슨 Robert Louis Stevenson의 약자고, 조지 엘리엇 George Eliot이 여자인 줄도 몰랐지요. '모나리자'를 본 적이 없고(못 믿으시겠지만 사실이에요) '셜록 홈즈'도 금시초문입니다.

이젠 저도 이런 것들뿐만 아니라 다른 것들도 알지만, 그래도 완전히 따라가려면 아직 한참이나 멀었답니다. 그래도 정말 재미있어요! 하루 종일 저녁이 오기를 기다리다가, 드디어 밤이 되면 문에 '공부 중'이라고 쓰인 푯말을 내걸고 근사한 빨간색 목욕 가운을 입고 털 슬리퍼를 신은 채 쿠션을 죄다 끌어 모아 등에 받치고 침대에 앉습니다. 그러고는 팔꿈치 곁에 있는

놋쇠 스탠드에 불을 켜고 책을 읽고 또 읽어요. 한 권으로는 성이 차지 않아서 한꺼번에 네 권을 읽을 때도 있지요. 지금은 테니슨의 시와 《허영의 시장》, 《키플링 단편소설집》, 그리고 (웃지 마세요!) 《작은 아씨들》을 읽고 있습니다. 어린 시절에 《작은 아씨들》을 읽지 않은 사람은 이 대학에서 저뿐이더라고요. 하지만 아무에게도 그 사실을 말하지 않았답니다. (희한한 애라고 낙인찍힐 게 뻔해요.) 전 그냥 잠자코 나가서 지난달 용돈에서 1달러 12센트를 써서 그 책을 샀지요. 다음에 누군가 라임 피클* 이야기를 꺼내면, 저도 무슨 말인지 금방 알아들을 거예요!

(열 시 종이 울리네요. 편지를 쓰는 동안 자꾸 방해를 받아서요.)

토요일

존경하는 선생님!

기하학 과목에서 새로운 탐구를 하고 있음을 삼가 아룁니다. 지난 금요일 수업 시간에는 이전에 배우던 직육면체를 끝마치고 각뿔대로 접어들었습니다. 학문의 길은 멀고도 험합니다.

일요일

다음 주부터 크리스마스 방학이 시작되니까 다들 짐을 싸느

---

* 《작은 아씨들(Little Women)》에서 막내딸 에이미가 좋아했다.

라 분주하네요. 덕분에 복도를 가득 메운 여행 가방 사이를 아슬아슬하게 비껴 지나다닙니다. 모두들 잔뜩 들떠서 공부가 머리에 들어오지 않는대요. 저도 이번 방학을 즐겁게 보낼 겁니다. 저 말고도 신입생 한 명이 집이 텍사스라서 학교에 남아 있게 되었는데, 함께 멀리 산책도 나가고 얼음이 얼면 스케이트도 타기로 했어요. 여전히 읽어야 할 책들이 많으니 3주 동안 도서관에서 책이나 실컷 읽어야겠어요!

이만 줄일게요, 아저씨. 아저씨도 저처럼 행복하시길 바랍니다.

_아저씨의 영원한

주디

추신. 답장 꼭 주세요. 쓰기 귀찮으시면 비서를 시켜 전보를 치셔도 돼요. 그냥 이렇게만요.

"스미스 씨는 완전한 대머리임."

혹은

"스미스 씨는 대머리가 아님."

아니면

"스미스 씨는 백발임."

그리고 제 용돈에서 전보 요금 25센트를 빼세요.

1월까지 안녕히 계세요. 그리고 즐거운 크리스마스 보내세요!

크리스마스 방학이 끝나 가는 어느 날

정확한 날짜는 모름

키다리 아저씨께

아저씨가 계신 곳에도 눈이 내리고 있나요? 제 방 창밖으로 보이는 세상은 온통 부드럽게 주름진 하얀 천으로 덮였고 팝콘만큼 커다란 눈송이들이 하늘에서 내려오고 있습니다. 늦은 오후라서 태양(차가운 노란색이네요)이 더 차가운 보랏빛의 언덕 너머로 막 저물기 시작했어요. 창가 자리에 올라 앉아 엷어지는 저녁놀 아래에서 아저씨께 편지를 쓰고 있습니다.

보내 주신 금화 다섯 닢을 보고 깜짝 놀랐어요! 크리스마스 선물을 받아본 적이 없거든요. 이미 저에게 많은 것들을 주셨기에(제가 가진 이 모든 것을요!) 따로 선물을 더 주실 거라고는 생각도 못했어요. 하지만 이번 선물도 정말 마음에 쏙 듭니다. 제가 그 돈으로 무엇을 샀는지 궁금하시죠?

1. 가죽 상자에 든 은시계. 손목에 차고 수업 시간에 늦지 않으려고요.
2. 매튜 아놀드의 시집
3. 보온병
4. 무릎 담요 (제 방이 추워요.)
5. 노란 원고지 500장 (이제 슬슬 작가가 될 준비를 해야죠.)

6. 동의어 사전 (작가로서 어휘력을 높이고 싶어요.)

7. (마지막 건 별로 밝히고 싶지 않지만, 말씀드리죠 뭐.) 실크
　스타킹 한 켤레

그러니까 아저씨, 제가 숨기는 게 있다고 생각하지 마세요!

정 알고 싶으시다면 말씀드릴게요. 실크 스타킹을 산 이유
는 사실 좀 유치해요. 줄리아 펜들턴이 기하학 공부를 하러 매
일 밤 제 방에 와서는 침대 위에 다리를 꼬고 앉거든요. 실크 스
타킹을 신고서요. 그러니 두고 보세요. 방학이 끝나고 줄리아가
기숙사로 돌아오면 저도 실크 스타킹을 신고 그 애의 방에 가
서 침대에 다리를 꼬고 앉을 거예요. 저, 정말 한심한 아이죠?
하지만 적어도 저는 정직해요. 제 고아원 기록을 보셨을 테니,
제가 완벽하지 않다는 건 이미 알고 계시리라 생각합니다.

개괄하자면 (영어 교수님이 하나 걸러 한 문장마다 쓰는 표현
이에요), 저는 이 일곱 가지 선물들에 몹시 감사하고 있습니다.
캘리포니아에 있는 내 가족이 보낸 선물들이라는 상상에 빠져
있어요. 시계는 아빠가, 무릎 담요는 엄마가, 보온병은 이런 기
후에서 제가 감기라도 걸릴까 봐 늘 걱정하시는 할머니가, 노
란 원고지는 어린 동생 해리가 보냈다고요. 언니 이사벨은 실
크 스타킹을 주었고, 수잔 숙모는 매튜 아놀드의 시집을, 해리
삼촌은(동생 이름은 삼촌 이름에서 땄어요.) 사전을 보냈지요. 삼

촌은 원래 초콜릿을 주려고 하셨지만 제가 동의어 사전을 고집했거든요.

아저씨도 이 복작대는 가족의 일원이 되는 데 반대하지 않으시죠?

자, 이제 저의 방학에 대해 말씀드려도 될까요? 아니면 아저씨는 제 학업 같은 것에만 관심이 있으신가요? '같은 것'이라는 말에 담긴 미묘한 의미를 알아주시면 좋겠어요. 제가 최근에 배운 단어거든요.

집이 텍사스인 신입생은 레오노라 펜턴이에요. ('제루샤'만큼이나 웃긴 이름이죠?) 전 그 애가 좋아요. 하지만 샐리 맥브라이드만큼은 아니지요. 그 어떤 누구도 샐리만큼 좋을 수는 없어요. 물론 아저씨는 빼고요. 언제나 제가 제일 좋아하는 사람은 아저씨랍니다. 아저씨는 제 가족 전부를 합한 분이니까요.

저와 레오노라와 2학년생 두 명이 날씨가 좋은 날마다 산책을 나가서 학교 근처를 다 돌아보았어요. 짧은 치마와 니트 재킷 차림에 모자를 쓰고 하키 스틱을 들고서 이것저것 걸리는 대로 세게 치고 다녔죠. 6킬로미터나 떨어진 마을까지 걸어가서 여대생들이 저녁을 먹으러 주로 가는 식당에 간 적도 있어요. 구운 바닷가재(35센트)를 먹고 후식으로 메이플 시럽을 뿌린 메밀 케이크(15센트)를 먹었어요. 영양 만점에 가격도 저렴한 식사였어요.

얼마나 즐거웠는지요! 특히 제가요. 고아원과는 완전히 딴판이었거든요. 교정을 벗어날 때마다 탈옥수라도 된 듯한 기분이었어요. 그런데 저는 그런 기분들을 생각을 끝내기도 전에 말로 툭 내뱉어요. 무심코 비밀이 탄로날 뻔해서야 겨우 수습한 적이 한두 번이 아니에요. 제게는 속내를 모두 털어놓지 않는 것이 무척 힘들어요. 아마도 천성적으로 솔직한 성격인가 봐요. 들어줄 아저씨마저 안 계셨더라면 저는 진즉 폭발해 버렸을 거예요.

지난 금요일 저녁에는 당밀 사탕을 만들었습니다. 퍼거슨 기숙사의 사감 선생님이 방학에 기숙사에 남은 학생들을 위해 준비한 행사예요. 1학년생부터 4학년생까지 총 스물두 명이 모여서 화기애애한 속에서 서로 도와 가며 사탕을 만들었어요. 주방은 꽤 넓었고 돌로 장식한 벽에 구리 냄비와 주전자가 줄지어 걸렸는데, 글쎄, 제일 작은 냄비가 빨래 삶는 솥만 했어요. 퍼거슨 기숙사에 사는 여학생이 사백 명이나 되니까 그럴 수밖

에요. 흰 모자를 쓰고 흰 앞치마를 두른 주방장 아저씨가 어디서 그 많은 걸 구했는지 모자와 앞치마를 스물두 개나 가져오셨지 뭐예요. 그래서 우리도 모두 요리사 차림을 했답니다.

사탕 만들기는 정말 재미있었어요. 맛은 그저 그랬지만요. 마침내 사탕이 완성될 무렵에는 우리 몸이며 주방이며 문손잡이까지 온통 끈적거렸어요. 우리는 모자와 앞치마를 그대로 두른 채, 각자 큰 포크나 숟가락 또는 프라이팬을 들고 줄지어 교무실로 행진했답니다. 교수님과 선생님 대여섯 분이 조용한 저녁 시간을 보내고 계셨어요. 우리는 교가를 부른 후 당밀 사탕을 대접했습니다. 그분들은 정중하게 사탕을 받으셨지만 어쩐지 미심쩍은 표정이 역력했지요. 당밀 사탕 덩어리를 입에 물고 끈적거려서 아무 말도 못 하는 그분들을 뒤로 하고 교무실을 나왔어요.

아저씨, 제 경험이 하루가 다르게 쌓여 가는 게 보이세요?

아무래도 제가 작가 대신 화가가 되어야 할 것 같지 않나요?

이틀 후면 방학이 끝나요. 친구들을 다시 만날 생각에 기쁩니다. 지금은 기숙사가 조금 쓸쓸해요. 사백 명이 있던 곳에 아홉 명만 남아 재잘거리고 있으니까요.

핀시를 열한 장이나 썼네요. 가엾은 아저씨, 편지를 읽느라 피곤하시겠어요! 짤막한 감사 편지를 쓰려던 것뿐이었는데, 펜만 들면 정신없이 써 내려가게 돼요.

안녕히 계세요. 그리고 저를 생각해 주셔서 감사합니다. 수평선 위에 떠 있는 작은 먹구름 한 조각만 빼면 저는 완벽하게 행복합니다. 2월에 시험이 있거든요.

_사랑을 보내며

주디 올림

추신. '사랑을 보낸다'가 버릇없는 표현인까요? 그렇다면 용서해 주세요. 하지만 저는 누군가를 사랑해야만 하는데, 아저씨와 리펫 원장님 중에서 골라야 하거든요. 그러니 아시겠죠, 아저씨가 참아 주세요. 전 원장 선생님은 사랑할 수 없어요.

시험 전날 밤

키다리 아저씨께

이곳 대학이 얼마나 죽기 살기로 공부를 시키는지 아저씨도 아셔야 해요! 방학이라는 게 있었는지도 까맣게 잊어버렸습니다. 지난 나흘간 불규칙 동사 57개를 제 머릿속에 쑤셔 넣었어요. 제발 시험이 끝날 때까지 남아 있길 간절히 바라봅니다.

교과서를 다 배우면 팔아 버리는 학생들도 있지만, 저는 간직할 생각이에요. 그러면 졸업 후에도 제가 공부한 것들을 책장에 한 줄로 모셔 놓고, 필요할 때 언제든 곧바로 찾아볼 수 있겠죠. 그것이 제 머릿속에 기억하려고 애쓰는 것보다 훨씬 편하고 정확한 방법일 거예요.

줄리아 펜들턴이 오늘 저녁 얼굴 보러 들른다며 제 방에 왔다가 꼬박 한 시간이나 있다가 돌아갔습니다. 걔가 가족 이야기를 꺼냈는데 좀처럼 화제를 돌릴 수가 없었어요. 글쎄, 제 어머니의 처녀 시절 성이 뭐냐고 묻잖아요. 고아에게 그런 무례한 질문이 어디 있어요? 도저히 모른다고 말할 용기가 나지 않아서 비참한 심정으로 그냥 처음 떠오른 성을 말했죠. 몽고메리라고요. 그랬더니 또 메사추세츠의 몽고메리 가문인지 버지니아의 몽고메리 가문인지를 묻지 않겠어요?

줄리아의 어머니는 러더포드 가문이래요. 그 가문은 노아의 방주를 타고 왔고 헨리 8세와 인척 관계래요. 아버지 쪽은 아담보다도 더 오래된 가문이라나요. 줄리아네 족보 맨 위에는 필시 아주 부드러운 털과 유난히 꼬리가 긴 혈통 좋은 원숭이가 자리 잡고 있을 거예요.

오늘밤에는 아저씨를 재미있고 기운차고 즐겁게 해드릴 편지를 쓰려고 했는데, 너무 졸리네요. 시험 때문에 걱정도 되고요. 신입생의 생활이 마냥 행복하기만 한 건 아니네요.

_시험이 코앞으로 다가온

주디 애벗 올림

일요일

사랑하는 키다리 아저씨께

몹시 끔찍하고 나쁜 소식을 하나 전해야 하는데, 그걸로 편지를 시작하진 않을래요. 우선 아저씨를 즐겁게 해 드리고 싶어요.

제루샤 애벗이 드디어 작가로 인정받기 시작했답니다. '나의 탑(기숙사 방)에서'라는 제목의 시가 교지 2월호에 실렸어요. 그것도 첫 페이지에요. 신입생으로서 여간 영광스러운 일이 아니에요. 어젯밤 예배를 마치고 나오는데 영어 교수님이 절 불러 세우시더니, 지나치게 긴 여섯 번째 행만 빼고는 매력적인 작품이라고 칭찬해 주셨어요. 아저씨가 읽고 싶으실까 봐 한 장 베껴서 동봉합니다.

뭐 또 즐거운 일이 없었나…… 아, 있어요! 스케이트를 배우고 있는데 이젠 혼자서도 제법 잘 탑니다. 체육관 지붕에서 줄을 타고 내려오는 법도 배웠고 110센티미터나 되는 가로대도 뛰어넘을 수 있어요. 조만간 120센티미터까지도 넘을 수 있을 거예요.

오늘 아침에는 앨라배마에서 오신 주교님께 무척 인상적인 설교를 들었어요. '비난받고 싶지 않거든 남을 비난하지 마라.' 왜 타인의 실수를 눈감아 주어야 하는지, 왜 사람들을 가혹하게 비난해서 낙담시키면 안 되는지 그 이유에 관한 내용이었어요. 아저씨도 들어 보신 내용이기를 바랍니다.

태양이 가장 찬란하게 빛나는 눈부신 겨울 오후입니다. 전나무에 매달린 고드름이 떨어지고 온 세상이 눈의 무게로 휘어져 있어요. 저만 빼고요. 전 슬픔의 무게에 짓눌려 있습니다.

이제 그 소식을 말씀드릴게요. 용기를 내, 주디! 이 일은 꼭 말씀드려야 해.

지금 확실히 기분 좋으신 거 맞지요, 아저씨? 저, 수학과 라틴어 작문 시험에서 낙제했어요. 그래서 요즘 그 두 과목을 개인 지도 받고 있고 다음 달에 재시험을 치를 예정입니다. 실망하셨다면 죄송하지만, 아저씨만 괜찮으시다면 저도 별로 신경 쓰지 않을래요. 왜냐하면 저는 교과 과정에 나오지 않는 수많은 것들을 공부했기 때문이에요. 소설을 열일곱 권 읽었고 시도 많이 읽었습니다. 《허영의 시장Vanity Fair》, 《리처드 피버럴Richard Feverel》, 《이상한 나라의 앨리스Alice in Wonderland》 같은 필독서 말이에요. 에머슨Ralph Waldo Emerson의 《수상록》, 록하트John Gibson Lockhart의 《월터 스콧 경의 생애Life of Scott》, 기번Edward Gibbon의 《로마제국 쇠망사》 제1권, 거기에 벤베누토 첼리니Benvenuto Cellini의 자서전도 반이나 읽었어요. 참 재미있게 사는 사람 아닌가요? 아침 식사 전에 산책을 나가서 별 생각 없이 사람을 죽이곤 했다뇨.

아저씨, 이만하면 제가 라틴어 공부에만 매달리는 것보다 훨

이달의 소식

누디가
스케이트 타는
법을 배움

가로대
뛰어 넘는 법도 배움

줄타기도
배움

두 과목에서 낙제 하고
펑펑 울었음

하지만 열심히
공부할 것을
약속드림

씬 더 많은 것을 공부했다는 걸 알아주시겠죠? 다시는 낙제하지 않겠다고 약속드릴 테니 이번 한 번은 용서해 주실 거지요?

_슬픔에 잠겨 있는 주디 올림

키다리 아저씨께

편지를 쓰려고 마음먹었던 날이 보름이나 남았는데, 오늘밤은 쓸쓸해서 편지를 한 장 더 씁니다. 밖에 폭풍우가 거세게 몰아치고 있어요. 캠퍼스의 불빛이 모두 꺼졌는데도 블랙커피를 마셔서인지 잠이 오지 않습니다.

오늘 저녁에 샐리와 줄리아와 레오노라 팬턴과 함께 저녁 식사 파티를 했습니다. 정어리와 구운 머핀, 샐러드, 퍼지에 커피를 먹었어요. 줄리아는 즐거웠다는 말만 하고 가 버렸지만, 샐리는 남아서 설거지를 도와주었어요.

오늘밤은 라틴어를 공부하며 아주 유익하게 보낼 수도 있었는데. 제가 라틴어 공부에 별로 열의가 없긴 한가 봐요. 리비우스Livy의 글과 키케로의 《노년에 관하여De Senectute》를 마쳤고, 이제 《우정에 관하여De Amicitia》를 들어갈 차례에요. (《욱! 정에 관하여Damn Icitia》라고 발음해 버린답니다.)*

아주 잠깐만 제 할머니인 척해 주실래요? 샐리는 할머니가

---

* 연음을 이용해서 불평처럼 발음. 라틴어를 싫어하는 주디의 마음이 엿보인다.

한 분, 줄리아와 레오노라는 각각 두 분씩이나 계신대요. 그 애들이 오늘밤 열을 올려 가며 자기 할머니들을 자랑하는데, 제게도 할머니가 있었으면 좋겠다는 생각뿐이었어요. 꽤 괜찮은 관계 같더라고요. 그러니까 아저씨가 반대하지 않으신다면, 어제 시내에 나갔다가 보라색 리본으로 장식한 아주 예쁜 레이스 모자를 봤는데 그걸 할머니의 여든세 번째 생신 선물로 보내 드릴게요.

!!!!!!!!!!!!!

예배당 종탑의 시계가 열두 시를 알리고 있어요. 결국에는 잠이 오겠죠.

_안녕히 주무세요, 할머니.

할머니를 무지무지 사랑해요.

주디 올림

3월의 중간날*

키다리 아저씨께

지금 라틴어 작문을 공부하고 있습니다. 여태 내내 공부했고 앞으로도 계속할 거예요. 재시험이 다음 주 화요일 7교시에 있

---

* Ides of March. 'ides'는 고대 로마력에서 한 달의 중간에 해당하는 날이다. 3월 15일은 로마 황제 카이사르의 암살일로 예언되었던 날이다.

거든요. 통과하거나, 끝장이겠죠. 그러니 다음 편지에서 저는 재시험에서 벗어나 온전히 행복한 상태이거나 산산조각이 나 있을 거예요.

재시험이 끝나면 제대로 된 편지를 쓰겠습니다. 오늘밤에는 라틴어 탈격 독립어구와 씨름해야 해요.

_눈코 뜰 새 없이 바쁜

주디 애벗 올림

3월 26일

키다리 스미스 씨 귀하

귀하께서는 제 질문에 한 번도 대답을 주지 않으십니다. 귀 하는 제가 뭘 하든지 조금도 관심을 비추지 않으십니다. 귀하 는 아마도 고약한 후원자님들 중에서도 가장 고약한 분이실 겁 니다. 귀하께서 저를 교육시키는 이유는 제게 눈곱만큼이라도 관심이 있어서가 아니라 의무감 때문이겠지요.

귀하에 대해서 저는 아무것도 모릅니다. 귀하의 이름조차도 모르지요. 물건에게 쓰는 것 같아서 도저히 편지 쓸 맛이 안 납 니다. 귀하께서는 제 편지를 읽지도 않고 쓰레기통으로 던져 버 리는 게 분명합니다. 이제부터는 학업 관련 편지만 쓰겠습니다.

라틴어와 수학 재시험은 지난주에 치렀습니다. 모두 통과해서 재시험에서 자유의 몸이 되었습니다.

_귀하의 성실한

제루샤 애벗 올림

4월 2일

키다리 아저씨께

저는 정말 못된 아이예요.

제발 지난주의 버릇없는 편지를 잊어 주세요. 그날 밤, 너무
나 외롭고 비참한 심정이 든 데다가 목까지 아팠거든요. 그땐
몰랐지만 편도선염에 독감에 온갖 증상들이 복합적으로 겹쳐
서 아팠던 거예요. 지금 병원입니다. 입원한 지 6일째예요. 병
원에서 오늘에서야 자리에서 일어나 앉아 종이와 펜을 들어도
좋다는 허락을 받았어요. 수간호사님이 대단히 엄격하시거든
요. 누워 있는 내내 그 편지 생각만 났고 아저씨가 저를 용서해
주실 때까지는 병이 나을 것 같지 않아요.

지금의 제 모습이에요. 머리에 붕대를 둘러 토끼 귀 모양으
로 묶고 있어요.

동정심이 마구 샘솟지 않으세요? 설하선이 잔뜩 부었대요.
생리학을 일 년 내내 공부했는데 설하선이라는 말은 처음 들어
봐요. 교육이라는 게 얼마나 부질없는 것인지요!

편지를 더 이상 이어 나가지 못하겠습니다. 오래 앉아 있으면 몸이 떨리거든요. 버릇없고 배은망덕한 저를 부디 용서해 주세요. 가정 교육을 못 받아서 그런가 봅니다.

_사랑을 담아, 아저씨의

주디 애벗 올림

병원에서

4월 4일

사랑하는 키다리 아저씨께

어제 저녁 해가 저물어 갈 무렵, 침대에 앉아 창밖으로 내리는 비를 바라보며 병원 생활이 견딜 수 없이 지루하다고 생각하고 있던 그때, 간호사가 하얗고 긴 상자를 들고 왔어요. 너무도 아름다운 분홍 장미꽃이 가득 들어 있었죠. 하지만 훨씬 더 멋졌던 건 동봉된 카드였습니다. 뒤로 갈수록 글자가 올라가는 재미있는 (동시에 뚜렷한 개성이 묻어나는) 필체로 정중한 안부 인사가 쓰여 있었어요. 고맙습니다. 아저씨. 표현할 수 없을 만큼 감사드려요. 아저씨가 보내 주신 꽃은 제 인생에서 처음 받아 본 진실한 선물이었어요. 제가 얼마나 어린애 같았냐면요, 너무 행복해서 엎드려서 엉엉 울었답니다.

아저씨가 제 편지를 읽으신다는 걸 알았으니까 앞으로는 더욱 재미있는 편지를 쓰겠어요. 붉은 리본으로 묶어 금고에 보관할 가치가 있도록요. 단지 그 끔찍한 편지 한 통만은 불태워 주세요. 아저씨가 그걸 다시 읽으실 거라는 생각만 해도 끔찍해요.

몸이 많이 아파서 비참한 기분에 잠겨 심술을 부리는 가련한 신입생을 기운차게 만들어 주셔서 고맙습니다. 아저씨는 사랑하는 가족과 친구들이 많아서, 혼자 있다는 것이 어떤 기분일지 모르실 거예요. 전 너무나 잘 알죠.

안녕히 계세요. 다시는 그렇게 못되게 굴지 않겠다고 약속할게요. 아저씨가 진짜로 존재하신다는 걸 알았으니까요. 앞으로는 질문을 귀찮을 정도로 마구 쏟아 내지도 않겠다고 약속해요.

그런데 아저씨는 아직도 여자애들이 싫으신가요?

_아저씨의 영원한

주디 올림

월요일 8교시
키다리 아저씨께

설마 아저씨가 두꺼비를 깔고 앉았던 그 후원자님은 아니시죠? 두꺼비가 펑 소리를 내며 터져 죽었다던데, 그렇다면 그분은 두꺼비보다 더 뚱뚱했겠지요.

존 그리어 고아원의 세탁실 창문 옆에 격자 뚜껑으로 덮인 방공호를 기억하세요? 매년 봄 두꺼비들이 나올 즈음이면 우리는 두꺼비들을 잡아다가 거기에 넣어 두곤 했어요. 이따금 거기서 빠져나온 두꺼비들이 세탁실로 넘어왔고, 빨래하는 날 유쾌한 소동이 일어났죠. 소란을 피웠다고 호되게 야단맞고 풀이 죽기도 했지만 잠시일 뿐, 또다시 두꺼비들을 잡아들였고요.

그러던 어느 날, 여하튼 (아저씨가 지루하시지 않도록 세세한 건 넘어갈게요) 가장 크고 통통하고 끈적끈적한 두꺼비가 이사실의 대형 가죽 의자 위로 올라가 앉아 있었지 뭐예요. 그리고 그날 오후 이사회 때 그만……. 아저씨도 그 자리에 계셨을 테니 나머지는 말씀 안 드려도 아시죠?

시간이 흘러서 냉정하게 돌아보니, 벌을 받을 만했던 것 같아요. 제 기억이 맞다면 벌도 적절했던 것 같고요.

왜 이런 추억에 잠기는지 모르겠어요. 아마 봄이 오고 두꺼비가 나오기 시작하니까 다시 그 시절의 장난을 치고 싶은 본능이 꿈틀거리나 봐요. 하지만 이제 두꺼비를 잡지 않아요. 이유는 단 하나, 그걸 못하게 하는 규칙이 없기 때문이지요.

목요일, 예배를 마치고

제가 제일 좋아하는 책이 뭔지 아세요? 그러니까, 지금 이 순간에요. 사흘마다 좋아하는 책이 바뀌니까요. 지금은 《폭풍의 언덕Wuthering Heights》이에요. 에밀리 브론테Emily Bronte는 아주 어린 나이에 이 소설을 썼어요. 그때까지 하워스 교구를 벗어난 적이 없고 평생 아는 남자도 없었다는데, 대체 어떻게 히스클리프 같은 남자를 상상해 냈을까요?

전 못했을 거예요. 저도 확실히 어리고 존 그리어 고아원을 벗어난 적이 없었으니 조건이 비슷한데도 말이죠. 때때로 제가 천재가 아니라는 생각에 무시무시한 공포감이 밀려듭니다. 제가 위대한 작가가 되지 못하면 아저씨는 몹시 실망하실까요? 주위가 온통 새싹으로 파릇파릇한 아름다운 봄날이면, 공부는 뒷전으로 미루고 밖으로 달려 나가 봄기운을 만끽하고 싶어요. 들판에서 온갖 신기한 일들이 펼쳐지니까요! 책을 쓰는 것보다 책 속 내용처럼 살아가는 게 훨씬 더 재미있을 거예요.

아악!!!!!!

이건 샐리와 줄리아와 4학년생 선배를 복도 건너편 방에서 달려오게 만든 저의 비명 소리예요. 이렇게 생긴 지네 때문이에요. 실제로는 더 징그러워요.

　조금 전 한 문장을 끝내고 나서 또 뭘 쓸까 생각하던 그 순간, '툭!' 소리가 났어요. 지네가 천장에서 떨어져 제 옆에 착지한 거예요. 저는 황급히 도망치다가 탁자 위의 컵 두 개를 엎질렀어요. 샐리가 제 머리빗 뒷부분으로 지네를 내려쳤는데(그 빗은 이제 쓸 수 없어요) 앞부분은 죽었는데도 뒷쪽 쉰 개의 다리가 꿈틀거리며 서랍 밑으로 달아나 버렸어요.

　이 기숙사는 오래된 데다 벽이 담쟁이덩굴로 뒤덮여서 지네 천지예요. 정말이지 무시무시한 생물이에요. 차라리 침대 밑에서 호랑이가 나타나는 편이 훨씬 낫겠어요.

금요일, 밤 9시 30분

　어찌나 힘든 하루였는지요! 기상 종소리를 못 듣는 바람에 서둘러 옷을 갈아입느라 신발끈이 끊어지고 셔츠 깃외 단추도 떨어졌어요. 아침 식사에 늦고 첫 수업도 지각했고요. 깜빡 잊고 압지를 챙겨오지 않았는데 만년필 잉크마저 새지 뭐예요. 삼각법 시간에는 교수님과 대수에 대해 의견 충돌이 생겼어요.

나중에 돌이켜 보니 교수님이 옳았더군요. 점심 메뉴로 양고기 스튜와 식용 대황이 나왔는데 둘 다 제가 싫어하는 거예요. 고아원에서 먹던 맛이 나거든요. 온갖 청구서들 말고는 우편물도 하나 없었어요. (하긴 제가 다른 우편물을 받을 일이 뭐가 있겠어요. 제 가족은 편지 같은 건 안 쓰니까요.) 오후 영어 수업에는 정말 예상치 못한 시험을 쳤어요. 내용이 이랬어요.

다른 건 아무 것도 바라지 않았는데, I asked no other thing

그것마저도 거절당했지. No other was denied.

그 대신 목숨을 바치겠다고 했더니 I offered Being for it;

그 대단한 상인이 미소를 지었네. The mighty merchant smiled.

브라질? 그는 단추만 비틀고 있었네. Brazil? He twirled a button

내 쪽으로는 눈길도 주지 않고서 말이야. Without a glance my way:

하지만 부인, 정녕 아무것도 없단 말입니까, But, madam, is there nothing else

오늘 우리가 보여 줄 수 있는 것이? That we can show today? *

이게 시래요. 누가 썼는지, 무슨 뜻인지 전혀 몰랐죠. 그저 강

---

* 에밀리 디킨슨의 시 구절

의실에 들어가니 칠판에 이 시가 쓰여 있고, 우리에게 비평을 하라고 했어요. 첫 번째 연을 읽었을 때는 제 나름대로 이해가 되는 것 같았어요. 그 대단한 상인은 고결한 행동에 대한 대가로 축복을 내리는 신이라고요. 하지만 두 번째 연에 이르러 그가 단추만 비틀고 있는 걸 보자 불경한 추측인 것 같아서 급히 생각을 바꿨어요. 다른 학생들도 곤란하긴 마찬가지였어요. 우린 45분이나 텅 빈 백지를 앞에 놓고 백지처럼 머릿속이 텅 빈 채로 멍하니 앉아 있었죠. 교육을 받는다는 건 지독하게 고된 일이네요!

하지만 그걸로 끝난 게 아니었어요. 더 무시무시한 일이 기다리고 있었으니까요.

비 때문에 골프를 치러 나갈 수 없어서, 대신 체육관으로 갔어요. 그런데 제 옆 학생이 곤봉으로 제 팔꿈치를 세게 치지 뭐예요. 기숙사에 돌아오니 푸른색 새 봄옷이 든 상자가 도착했는데, 치마가 너무 꽉 끼어서 앉을 수도 없었어요. 금요일은 청소하는 날인데, 청소부가 책상 위의 종이들을 마구 섞어 놓았고요. 디저트는 비석을 씹는 것 같았고(우유와 바닐라 향 젤라틴으로 만든 것이었어요) 예배시간에는 여성다운 의싱에 대한 설교를 듣느라 여느 때보다 20분이나 더 붙잡혀 있었죠. 겨우 한숨 돌리고 《여인의 초상A Portrait of a Lady》을 읽으려는데 이름이 A로 시작한다는 이유로 라틴어 시간에 옆자리에 앉는, 밀가루

반죽처럼 창백한 안색에 맹한 애컬리라는 애가 (리펫 원장님이 쟤 이름을 '자브리스키Zabriski'라고 지어 줬더라면 얼마나 좋았을까요*) 월요일 수업 시작이 69단원부터인지 70단원부터인지 물어보러 와서는 한 시간이나 죽치고 앉아 있지 뭐예요. 방금 전에야 돌아갔어요.

이렇게 기운 빠지는 일들만 줄줄이 일어나는 걸 보신 적 있으세요? 인생에서 인격이 필요한 건 큰 문제가 생겼을 때가 아니에요. 큰 위기가 닥쳤을 때 용기를 가지고 일어서서 비극에 맞서는 건 누구나 할 수 있어요. 일상의 사소한 짜증거리들을 웃음으로 넘겨야 할 때, 바로 그런 때 정신력이 필요한 거죠.

전 앞으로 바로 그런 정신력을 키울 겁니다. 인생을 '최대한 능수능란하고 정정당당하게 승부해야 하는 게임' 정도로 여기려고 해요. 그래서 져도 어깨 한 번 으쓱하고는 웃어넘길 거예요. 이길 때도 마찬가지고요.

말하자면, 저는 대범한 사람이 될 거예요. 사랑하는 아저씨, 줄리아가 실크 스타킹을 신고 다녀도, 벽에서 지네가 떨어져도 다시는 불평하지 않을래요.

_아저씨의 영원한
주디 올림

---

* 이름이 Z로 시작하니까 그 애와 아주 멀찍이 떨어져 앉을 수 있다는 말이다.

얼른 답장 주세요.

5월 27일

키다리 아저씨 귀하께

　존경하는 선생님, 저는 방금 리펫 원장님의 편지를 받았습니다. 원장님은 제가 품행을 바르게 하고 학업도 잘해 나가길 바란다고 쓰셨습니다. 또 올 여름방학에 딱히 갈 곳이 없을 테니, 고아원으로 돌아와서 일을 거들면 개강 때까지 하숙을 할 수 있게 해 주신다고 합니다.

　저는 존 그리어 고아원이 싫습니다.

　거기로 돌아갈 바엔 차라리 죽겠습니다.

_그 어느 때보다 솔직한

제루샤 애벗 올림

친애하는 키다리 아저씨(Cher Daddy-Jamber-Longes) *

아저씨는 정말(Vous etes un) 멋진 분이세요!

농장 이야기를 듣고 얼마나 기뻤는지요(Je suis tres heureuse).

---

* 프랑스 수업 시간에 불어를 섞어서 쓴 편지

왜냐하면(Parceque) 농장이라는 곳에 저는 가 본 적이 없어요
(je n'ai jamais). 평생요(dans ma vie). 존 그리어 고아원에 돌아
가서(retourner chez) 여름 내내(tout l'été) 설거지나 하는 건 끔
찍이 싫어요. 뭔가 나쁜 일(quelque chose affreuse)이 일어날 것
만 같거든요. 왜냐하면 제가 예전의 겸손함을 잃은 지 오래여
서(Parceque j'ai perdue ma humilité d'autre fois) 고아원에 있는
(dans la maison) 모든 컵과 컵받침을 모조리(quelque jour) 다
깨뜨려 버릴까봐 두려워요(j'ai peur).

　편지가 짧은 걸 이해해 주세요(Pardon brièveté). 새 소식을
(des mes nouvelles) 전할 수가 없네요(Je ne peux pas). 왜냐하
면(parceque) 지금은 프랑스어 수업 중인데(je suis dans), 곧
(tout de suite) 제 생각에 교수님이(j'ai peur que Monsieur le
Professeur) 절 부르시려는 눈치예요.

　방금 부르셨어요!

_안녕히 계세요!(Au revoir)

아저씨를 정말 사랑하는(je vous aime beaucoup)

주디 올림

5월 30일

키다리 아저씨께

저희 학교 교정을 본 적이 있으세요? (글에 기교를 부리려고 쓴 질문이니 신경 쓰지 않으셔도 돼요.) 5월에 이곳은 천국 같아요. 모든 관목이 꽃망울을 틔우고 나무들은 가장 사랑스러운 신록이 된답니다. 늙은 소나무마저도 싱그럽고 풋풋해 보인다니까요. 잔디밭이 노란 민들레와 소녀들의 파랑, 하양, 분홍빛 드레스로 점점이 물들어요. 다들 근심 따위 없이 즐거워 보이지요. 방학이 다가오고 있으니까요. 방학을 기대하느라 시험 따위 안중에도 없어요.

이런 것이 진정한 행복이 아닐까요? 그리고 오, 아저씨! 저는 그 중에서도 가장 행복한 사람이에요! 더 이상 고아원에 있지 않으니까요. 더 이상은 누군가의 보모 노릇을 할 필요도, 남의 장부를 정리해서 타자를 칠 필요도 없으니까요. (아저씨가 안 계셨더라면 계속 그래야만 했겠죠.)

예전에 잘못했던 모든 일을 후회합니다.

리펫 원장님께 버릇없이 군 것을 후회합니다.

프레디 퍼킨스를 때렸던 것을 후회합니다.

설탕 통에 소금을 채웠던 일을 후회합니다.

후원자님들 등 뒤에서 얼굴을 찌푸렸던 걸 후회합니다.

앞으로는 모두에게 착하고 상냥하고 친절하겠습니다. 왜냐하면 저도 이제 매우 행복하니까요.

또 이번 여름 방학에는 글을 쓰고 쓰고 또 써서 위대한 작가가 되기 위한 첫 걸음을 내딛겠습니다.

포부가 정말 대단하지 않나요? 아, 요즘 저는 나날이 성격이 좋아지고 있어요! 춥고 서리 내린 날에는 조금 수그러들지만, 햇살이 내리쬐면 어김없이 쑥쑥 자라나거든요.

누구나 마찬가지일 거예요. 역경과 슬픔과 절망이 정신력을 키운다는 의견에 동의하지 않습니다. 행복한 이들이 온정이 넘치죠. 저는 염세주의(근사한 단어예요! 방금 배웠어요.)를 신봉하지 않습니다. 설마 아저씨가 염세주의자는 아니시겠죠?

교정 풍경을 알려드리고 싶어서 펜을 들었는데, 아저씨가 잠깐이라도 들르시면 좋겠다는 생각이 듭니다. 제가 모시고 다니며 "아저씨, 저 건물은 도서관이고 여긴 보일러실입니다. 왼편의 고딕 양식 건물은 체육관이고 그 옆의 튜더 로마네스크 양식 건물은 새로 지은 병동이에요"라고 안내해 드릴 수 있을 텐데요.

참, 제가 안내를 참 잘한답니다. 고아원에서 늘 하던 일이고, 오늘 여기서도 하루 종일 안내를 했어요. 정말이에요.

게다가 그것도 남자분을요!

근사한 경험이었어요. 남자분과 대화해 본 적이 없었거든요.

(이따금 후원 재단 이사님들과 대화했던 건 제외할게요.) 죄송해요, 아저씨. 재단 분들을 흉봐서 아저씨의 기분을 상하게 하려던 건 아니에요. 아저씨는 그분들과는 다르다고 생각하니까요. 아저씨는 어쩌다가 이사회에 들어오셨을 테죠. 대개 이사님들은 뚱뚱하고 거만한 태도로 자비를 베풀 듯 행동하세요. 금시계 줄을 늘어뜨린 채 고아의 머리를 쓰다듬어 주시죠.

왕풍뎅이 같아 보이지만, 실은 아저씨를 제외한 다른 이사님들의 모습을 그린 거예요.

어쨌든, 좀 전의 이야기로 돌아갈게요.

저는 오늘 남자분과 함께 산책하고 대화하고 차를 마셨어요. 그것도 아주 훌륭한 신사분과요. 바로 줄리아의 삼촌인 저비스 펜들턴 씨였어요. 그러니까, 줄리아 아버지의 막내 남동생이시래요. (더 길게 설명하자면, 아저씨만큼이나 키가 크셨어요.) 이곳에 사업차 왔다가 조카를 보러 학교에 들르셨대요. 그런데 정작 그 애는 막내 삼촌과 서먹하더라고요. 줄리아를 아기 때 한 번 보고 마음에 들지 않아서, 줄곧 관심을 주지 않으셨나 봐요.

아무튼 그분은 응접실에 앉아 계셨어요. 모자와 지팡이와 장갑을 곁에 가지런히 두고요. 그런데 줄리아와 샐리는 7교시 수업을 빠질 수 없는 상황이었죠. 그래서 줄리아가 급히 제 방으로 달려와서 삼촌에게 교정을 구경시켜 주고 7교시가 끝날 때 다시 자기에게 모셔 와 달라고 부탁했어요. 저는 마음이 약해져서 마지못해 그러겠다고 했어요. 줄리아 때문에 펜들턴 가문을 그다지 좋아하지 않거든요.

그런데 그분은 다정하고 아기 양 같은 분이었어요. 인간미가 넘치던걸요. 전혀 펜들턴 가문 사람 같지 않았어요. 우리는 정말 즐거운 시간을 보냈답니다. 그때부터 '내게도 삼촌이 있었으면!' 하는 소망이 생겼어요. 아저씨가 제 삼촌인 척해 주시면 어떨까요? 할머니보다 삼촌이 있는 게 더 좋을 것 같아요.

펜들턴 씨를 보며 아저씨의 20년 전 모습을 떠올렸어요. 한 번도 만난 적이 없지만 저는 아저씨를 잘 알고 있거든요!

그러니까 그분은 키가 크고 호리호리한 몸매에 얼굴은 가무잡잡하고 주름이 많았어요. 드러나지 않게, 입가에 살짝 주름만 지으며 띠는 미소 아래에는 유쾌함이 엿보였고요. 처음 만났는데도 마치 오래 전부터 알고 지낸 사람처럼 느끼게 만드는 편안함이 있으셨죠. 아주 다정하셨어요.

우리는 안뜰부터 운동장까지 교정 구석구석을 거닐었어요. 그러자 그분이 피곤하니 차를 마시는 게 좋겠다며 '대학 찻집'으로 가자고 제안하셨어요. 소나무 오솔길을 따라 교정을 나가자마자 있는 곳이에요. 저는 줄리아와 샐리에게 돌아가야 한다고 말했지만, 그분은 조카가 차를 너무 많이 마시게 하고 싶지 않다고 했어요. 그러면 신경질적이 된다나요. 그래서 그냥 우리 둘만 곧장 그곳으로 가서 발코니에 있는 조그마한 근사한 테이블에 앉았어요. 차를 마시며 머핀과 마멀레이드와 아이스크림에 케이크까지 먹었죠. 찻집에는 때마침 사람이 별로 없었어요. 월말이라 다들 용돈이 바닥나는 때거든요.

정말 즐거운 시간이었어요! 하지만 학교로 너무 늦게 돌아와서 기차 시간이 촉박했기 때문에 그분은 줄리아는 보는 둥 마는 둥 하고 떠나셨어요. 줄리아는 제가 자기 삼촌을 가로챘다며 몹시 화를 냈죠. 그분이 대단한 부자에다 멋진 삼촌이어서 그런가 봐요. 그분이 부자라는 얘기에 마음이 놓였어요. 찻집에서 먹은 게 각자 60센트씩이나 됐거든요.

오늘 아침(지금은 월요일이에요), 저와 줄리아와 샐리 앞으로 초콜릿 세 상자가 속달로 배달되었어요. 어떻게 생각하세요?

제가 남자에게서 초콜릿을 받았다니까요!

이제 저도 더 이상 고아가 아니라 숙녀가 된 기분이에요.

언젠가 아저씨와 함께 차를 마실 기회가 있다면 좋겠어요. 아저씨도 제가 좋아할 수 있는 분인지 알고 싶어요. 만에 하나 아저씨를 좋아하는 마음이 생기지 않는다면 그건 너무 끔찍한 일이에요. 하지만 저는 아저씨를 좋아하게 되리란 걸 알아요.

좋아요(Bien)! 아저씨께 인사를 올립니다.

_'당신을 절대로 잊지 않을게요(Jamais je ne t'oublierai).'

주디 올림

추신. 오늘 아침에 거울을 보니 전에는 없던 보조개가 새로 생겼네요. 정말 희한하죠. 이게 어떻게 생겨났을까요?

6월 9일

키다리 아저씨께

정말 기쁜 날이에요! 방금 마지막 과목인 생리학 시험을 마쳤어요. 그리고 이제!

석 달간의 농장 생활이 펼쳐져요!

저는 농장이 어떤 곳인지 전혀 몰라요. 한 번도 농장이란 곳을 가 본 적이 없거든요. (차창 밖으로 본 건 빼고요.) 그렇지만 농장을 무척 좋아하게 될 거란 건 알아요. 자유를 만끽하는 생활을 즐길 거라는 것도요.

아직도 존 그리어 고아원을 벗어난 것이 실감 나지 않을 때가 있어요. 그곳을 떠올릴 때마다 등골이 오싹해집니다. 리펫 원장님이 쫓아와 팔을 뻗어 나를 붙잡지 못하도록, 계속 뒤를 살피며 더 빨리 더 빨리 달아나야 할 것 같은 기분이 들거든요.

하지만 올여름엔 그 누구도 신경 쓸 필요가 없어요!

아저씨의 이름뿐인 권위는 전혀 신경 쓰이지 않아요. 너무나 멀리 계셔서 제 걸림돌이 될래야 되실 수가 없잖아요. 리펫 원장님도 이젠 저에게 영원히 죽은 것과 다름없고요. 셈플 씨 부부가 제 품행을 관찰하시진 않겠죠? 그래요. 아닐 거예요. 전 이제 완전히 어른이니까요. 만세!

이만 줄이고 짐가방을 싸야겠어요. 찻주전자와 접시, 소파 쿠션과 책이 세 상자나 되거든요.

_아저씨의 영원한

주디 올림

추신. 생리학 시험 문제를 동봉합니다. 아저씨라면 시험에 통과할 수 있을 것 같으세요?

록 윌로우 농장에서

토요일 밤에

사랑하는 키다리 아저씨께

방금 도착해서 아직 짐도 못 풀었어요. 하지만 농장이 얼마나 마음에 드는지 아저씨께 당장 말씀드리고 싶었어요. 이곳은 정말이지 천국 같아요! 집은 이렇게 네모난 모양이랍니다.

그리고 낡았고요! 백 년도 더 된 것 같아요. 그림에선 안 보이는 반대편에 베란다가 있고 앞쪽에 멋스러운 현관도 있어요. 실제로 보면 그림보다 훨씬 나아요. 깃털 먼지떨이처럼 생긴 게 단풍나무들이고, 차도를 따라 서 있는 뾰족뾰족한 것들은 바람이 스칠 때마다 시원한 소리를 내는 소나무와 솔송나무죠. 집이 산마루에 자리 잡고 있어서 수 킬로미터에 이르는 푸른 초원 너머 또 다른 산등성이들이 연이어 뻗어나가는 광경까지 굽어볼 수 있답니다.

코네티컷 주의 지형은 이런 식으로 생겼어요. 산등성이가 파도가 물결치듯 줄지어 있지요. 록 윌로우 농장은 그 물결 중 한 꼭대기에 있어요. 예전에는 길 건너편에 헛간들이 있어서 전망을 가렸는데, 친절하게도 하늘에서 번개가 내려쳐서 모두 불태워 버렸대요.

농장에는 셈플 씨 부부와 여자 일꾼 한 명, 남자 일꾼 두 명이 지내고 있어요. 일꾼들은 부엌에서 밥을 먹고, 셈플 씨 부부와 저는 식당에서 식사를 해요. 저녁 식사로 햄과 달걀, 비스킷과 꿀, 젤리 케이크와 파이, 피클과 치즈를 먹고 차를 마셨어요. 많이 먹은 만큼 대화도 많이 나눴고요. 이제껏 살면서 제가 남을 그렇게 웃긴 적이 없어요. 제가 말하는 것마다 웃어요. 아무래도 제가 시골에 와 본 적이 없으니까 묻는 것마다 무지한 질문인가 봐요.

집 그림에서 ×자로 표시한 방은 살인 사건 현장이 아니라 제가 묵는 방이에요. 사랑스러운 앤티크 가구가 있는 넓고 네모난 방인데, 아무도 쓰지 않고 비어 있었대요. 창을 열려면 나무 막대기로 받쳐야 하고, 금색 테두리 장식의 초록색 차양은 건드리기만 해도 툭 떨어지지만, 커다란 사각 마호가니 테이블! 저는 이번 여름 내내 이 위에 팔꿈치를 얹고 소설을 쓸 거예요.

아, 아저씨, 정말 신나요! 샅샅이 둘러보고 싶어 날이 밝을 때까지 못 기다리겠어요. 저녁 8시 반인데, 촛불을 끄고 잠을 청해 볼래요. 농장 사람들은 새벽 다섯 시에 일어난대요. 아저씨도 이런 재미를 느껴 보셨나요? 지금의 주디가 그동안 제가 알던 주디가 맞는지 도무지 믿기지 않아요. 아저씨와 하느님이 제게 과분할 정도로 베풀어 주셨어요. 정말 정말 정말로 좋은 사람이 되어 은혜에 보답하겠습니다. 꼭 그럴 거예요. 지켜봐 주세요.

_안녕히 주무세요.

주디 드림

추신. 아저씨도 개구리들이 노래하고 새끼 돼지들이 우는 소리를 들어 보시면 좋을 텐데요. 그리고 저 초승달도 보여드리고 싶어요! 제 오른쪽 어깨 너머에 초승달이 떴어요.

록 윌로우 농장에서

6월 12일

키다리 아저씨께

아저씨의 비서가 록 윌로우 농장을 어떻게 아셨을까요? (이번에는 글에 기교를 부린 게 아니에요. 정말로 궁금해요.) 들어 보세요. 이 농장은 원래 저비스 펜들턴 씨의 소유였는데, 그분이 유모였던 셈플 부인에게 준 거래요. 이렇게 신기한 우연을 보셨나요? 셈플 부인은 아직도 저비스 씨를 '저비 도련님'이라고 부르면서, 예전에 얼마나 귀여운 소년이었는지 늘 말씀하세요. 부인은 그분이 아기였을 때 자른 곱슬곱슬한 머리카락을 아직도 상자에 보관하고 있으세요. 빨강 머리, 아니 그 정도는 아니고 불그스름한 빛이 감도는 머리카락이에요.

부인은 제가 그분을 안다고 하니까 저를 더 반기세요. 펜들턴 가문의 사람을 아는 게 록 윌로우에서 최고의 소개장인 셈이에요. 그 중에서도 저비 도련님이 제일 핵심이고요. 줄리아가 별로 인기가 없는 편이라니 듣던 중 반가운 일이네요.

농장 생활이 점점 더 재미있어집니다. 어제는 건초 더미를 실어 나르는 마차를 탔어요. 어미 돼지 세 마리와 새끼 돼지 이홉 마리가 있는데, 아저씨도 이 녀석들이 먹는 걸 한번 보셔야 해요. 정말 돼지같이 먹는다니까요! 닭, 오리, 칠면조, 뿔닭 들도 셀 수 없이 많아요. 농장에 살 수 있는데 굳이 도시에서 산다면, 정말 제정신이 아닌 사람일 거예요.

달걀을 모으는 게 제 일과랍니다. 어제 검은 암탉이 알을 숨겨둔 둥지로 기어가다가 헛간 다락의 대들보에서 떨어졌어요. 셈플 부인은 제 무릎의 상처를 풍년화 잎사귀로 묶어 주시면서 "저런! 저런! 저비 도련님이 바로 그 대들보에서 떨어져서 똑같이 무릎이 까졌던 게 바로 엊그제 같은데" 하고 내내 중얼거리셨어요.

이곳 풍경은 더할 나위 없이 아름답습니다. 강과 계곡이 있고, 숲이 우거진 언덕이 있고, 조금 멀찍이 마치 입 안에서 살살 녹을 것만 같은 푸른 산이 높이 솟아 있어요.

일주일에 두 번 버터를 만듭니다. 돌로 지은 저장고에 크림을 보관하는데 저장고 아래로 시냇물이 흘러요. 근방의 농부들 중 더러는 분리기를 가지고 있지만, 셈플 씨네는 새로운 방식 말고 전통적인 방식을 고수하세요. 냄비에서 일일이 크림을 분리하는 것은 꽤 수고스럽지만 충분히 그럴 만한 가치가 있다고 생각하시거든요.

농장에 송아지가 여섯 마리 있어서, 제가 한 마리 한 마리 이름을 지어 주었어요.

1. 실비아 : 숲에서 태어났으니까요.*

2. 레스비아 : 카툴루스**의 시에 나오는 연인 이름을 땄어요.

3. 샐리

4. 줄리아 : 별 특징 없는 얼룩송아지예요.

5. 주디 : 당연히 제 이름을 땄죠!

6. 키다리 아저씨 : 언짢으신 건 아니죠? 순종 저지종으로 아주
   순한 송아지예요. 그림처럼요. 얼마나 잘 어울리는 이름인지
   아시겠죠?

---

* 'silva'의 어원이 나무, 숲이다. 그래서 'Silvia'에 '숲의 여인'이라는 의미가 있다.

** Catullus. 기원전 1세기의 로마 시인

아직 불후의 명작 집필을 시작할 시간은 없었어요. 보시다시 피 농장 일이 워낙 바빠서요.

_아저씨의 영원한

주디 올림

추신1. 도넛 만드는 법을 배웠어요.

추신2. 닭을 길러볼 생각이라면, 버프 오핑턴Buff Orpingtons을 추천합니다. 솜깃털이 하나도 없거든요.

추신3. 어제 만든 맛있고 신선한 버터 한 덩어리를 아저씨께 드릴 수 있다면 얼마나 좋을까요. 저도 이제 솜씨 좋은 농장 아가씨가 다 되었답니다!

추신4. 이 그림은 미래의 위대한 작가 제루샤 애벗 양이 젖소

를 몰고 집으로 가는 그림이에요.

일요일

키다리 아저씨께

별 일이 다 있지 뭐예요?

어제 오후에 편지를 쓰려고 앉아서 '키다리 아저씨께'라고
첫머리를 쓰던 순간, 저녁에 먹을 블랙베리를 따 오겠다고 한
약속이 생각나는 거예요. 그래서 편지지를 테이블 위에 놔두고
밖으로 나갔습니다. 그리고 오늘 다시 편지를 쓰려고 보니, 편
지지 한가운데에 뭐가 앉아 있었게요? '진짜 키다리 아저씨'요!

저는 장님거미의 다리 하나를 살포시 집어 올려 창밖으로 던
졌어요. 장님거미는 한 마리도 해치고 싶지 않아요. 장님거미를
보면 아저씨가 생각나거든요.

오늘 아침에 짐마차를 타고 시내에 있는 교회로 갔어요. 뾰족탑이 있고 정면에 도리아식 기둥이 세 개(어쩌면 이오니아식일지도 몰라요. 항상 둘이 헷갈린다니까요) 서 있는 작고 아담한 흰색 건물이에요.

잠을 부르는 잔잔한 설교에 사람들은 다들 종려나무 잎을 부채처럼 부치며 꾸벅꾸벅 졸았고, 목사님 설교 외에 들리는 거라고는 예배당 밖 나무에서 들려오는 매미 울음 소리뿐이었어요. 저도 내내 졸아서, 찬송가를 부르러 일어날 때에야 정신을 차리고 설교를 듣지 않은 것이 몹시 죄송스러웠습니다. 그래서 이런 찬송가를 고른 사람의 심리를 더 알고 싶어졌나 봐요. 가사가 이래요.

오라, 세상의 즐거움을 버리고
나와 천상의 환희를 함께하라.
그렇지 않으면 친구여, 긴 이별만 있을 뿐.
네가 지옥으로 가라앉도록 내버려 두리.

셈플 씨 부부와 종교를 논하는 건 신중치 못한 행동이었어요. 그분들의 하나님(오래전 청교도인 조상들로부터 고스란히 물려받은)은 편협하고 비이성적인데다 불공평하고 비열하고 적개심이 가득한 고집불통이거든요. 누구에게서도 하나님을 물려받지 않아서 정말 다행이에요! 저는 제가 바라는 대로 하나님을 만들어낼 수 있어요. 그분은 친절하고 다정한데다 상상력이 풍부하고 마음이 너그럽고 이해심이 많으세요. 게다가 유머 감각까지 갖추셨답니다.

저는 셈플 씨 부부를 엄청나게 좋아해요. 그분들은 교리에 머물지 않고 실천하는 삶을 살고 있거든요. 그분들의 하나님보다도 훨씬 좋은 분들이에요. 제가 그렇게 말했더니 몹시 걱정스러운 얼굴을 하시지 뭐예요. 불경하게 여겨지시나 봐요. 하지만 제 생각엔 오히려 그분들이 그래요! 어쨌든 우리는 종교 이야기는 더 이상 하지 않기로 했어요.

지금은 일요일 오후예요.

방금 애머사이(남자 일꾼이에요)가 보라색 넥타이에 밝은 노랑색 사슴가죽 장갑을 끼고는 면도를 해서 빨개진 얼굴로 캐리(여자 일꾼이에요)와 함께 마차를 타고 나갔어요. 캐리는 푸른색 모슬린 드레스 차림이었는데, 머리카락을 곱슬곱슬하게 말고서 빨간 장미로 테두리를 장식한 커다란 모자를 썼어요. 애머사이는 오전 내내 마차를 닦았고, 캐리는 저녁식사 준비를 핑계로 교회에 가지 않고 집에 있었지만, 사실은 모슬린 드레스를 다림질하려고 그랬던 거예요.

이 편지를 다 쓰고 2분 후에는 다락방에서 찾아낸 책을 읽을 거예요. 《길 위에서On the Trail》라는 책인데 맨 앞장에 삐뚤삐뚤

장난스러운 어린 남자애 글씨로 이렇게 쓰여 있어요.

저비스 펜들턴
이 책이 아무 데나 돌아다니고 있으면
뺨을 한 대 때려서 집으로 돌려보내 주세요.

저비스 씨가 열한 살 무렵 많이 아파서 이곳에서 여름을 보냈대요. 그때 두고 간 모양이에요. 꼬마 저비스가 이 책을 꽤나 열심히 읽었나 봐요. 때 묻은 손자국들이 군데군데 보여요! 다락방 한 구석에는 물레방아와 풍차, 활과 화살도 있어요. 셈플 부인이 저비 도련님 이야기를 하도 줄기차게 하셔서 이젠 그분이 마치 여기에 살고 있는 것처럼 느껴져요. 실크해트를 쓰고 지팡이를 든 저비스 펜들턴 씨가 아니라, 방충망을 열어젖힌 채 계단을 우당탕 뛰어다니며 언제나 쿠키를 달라고 조르는(셈플 부인은 틀림없이 쿠키를 주셨겠죠!), 헝클어진 머리에 꼬질꼬질한 귀여운 저비 도련님 말이에요. 저비 도련님은 모험심 많고 용감하며 정직한 꼬마였나 봐요. 그분이 펜들턴 집안사람이라니 안타깝네요. 좀 더 나은 가문이 어울릴 텐데 말이에요.

내일부터 귀리 타작을 시작해요. 탈곡기도 오고 일꾼도 세 명 더 올 거래요.

버터컵(외뿔 얼룩소이자 레스비아의 엄마예요)이 저지른 말썽을 말씀드리려니 속상하네요. 버터컵이 글쎄, 금요일 오후에 과수원에 들어가 나무 밑에 떨어진 사과를 엄청나게 먹어댔어요. 먹고 먹고 또 먹고, 급기야 목구멍까지 가득 차도록요. 그러고는 꼬박 이틀을 곯아떨어졌어요! 진짜라니까요. 이런 추태를 들어 보셨나요?

_아저씨의 사랑스러운 고아로 남고 싶은

주디 애벗 올림

추신. 제1장은 인디언 이야기고, 제2장은 노상강도 이야기예요. 너무 흥미진진해서 숨죽여 읽고 있어요. 제3장은 무슨 이야기일까요? '붉은 매가 공중에서 20피트나 솟구쳐 오르더니 아래로 추락했다.' 책표지 삽화의 제목이에요. 주디와 저비가 재미있어 할 만한 책이죠?

9월 15일

사랑하는 아저씨께

어제 사거리의 잡화점에서 밀가루 저울에 올라가 몸무게를 쟀더니요, 4킬로그램이나 늘었어요! 록 윌로우를 건강 휴양지로 추천합니다.

_아저씨의 영원한

주디 올림

9월 25일

키다리 아저씨께

짜잔! 제가 드디어 2학년이 되었어요! 지난 금요일부터 새 학기가 시작되었습니다. 록 윌로우를 떠나는 건 아쉬웠지만 교정을 다시 보니 기뻐요. 친숙한 곳에 돌아온다는 건 정말 기분 좋은 일이네요. 학교가 집처럼 편안해지기 시작했고 어떤 상황에든 적응하고 있어요. 사실은 이젠 온 세상이 집처럼 느껴지기 시작했어요. 누군가의 허락을 받고 간신히 세상에 끼어들어와 있는 게 아니라, 진짜로 세상의 일원인 것처럼 말이에요.

제 말뜻이 전혀 감도 잡히지 않으실 거예요. 재단의 이사가 될 만큼 중요한 사람은 고아처럼 별 볼일 없는 사람의 기분을 이해하기 힘드니까요.

아저씨, 제가 누구랑 방을 같이 쓰게 되었을까요? 샐리 맥브라이드와 줄리아 러틀리지 펜들턴이요. 진짜예요. 작은 침실 세 개에 공부방 하나가 있어요. 자, 보세요(Voila)!

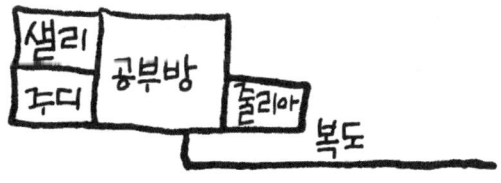

지난봄 샐리와 방을 함께 쓰자고 약속했는데, 줄리아도 샐리와 같이 지내기로 약속했다는 거예요. 이유를 모르겠어요. 둘은 조금도 닮지 않았거든요. 펜들턴 집안이 보수적인 성향이라서 변화에 적대적(멋진 단어지요!)인가 봐요. 어쨌든 그렇게 되었어요. 얼마 전까지만 해도 존 그리어 고아원에서 살던 제루샤 애벗이 펜들턴 집안 아이와 같은 방을 쓴다고 생각해 보세요. 이 나라가 민주국가인 게 분명하네요.

샐리가 과 대표 선거에 출마했는데 무리 없이 당선될 것 같아요. 얼마나 계략과 술수가 난무하는지 보시면 아저씨도 우리가 얼마나 대단한 정치꾼인지 알고 놀라실 거예요! 이 말씀을 꼭 드려야겠어요. 여성들이 선거권을 갖게 되면 남성들은 눈을 부릅뜨고 자신의 권리를 지켜야 할걸요.* 선거일은 다음 주 토요일인데 누가 당선 되든 상관없이 저녁에 횃불 행진이 예정되어 있어요.

화학을 배우기 시작했는데 제일 생소한 분야예요. 이런 과목이 있는지조차 몰랐네요. 지금은 분자와 원자를 이해하려고 애쓰고 있는데, 다음 달이면 좀 더 자세히 토론할 경지에 오를 것 같아요.

논증법과 논리학도 수강해요.

---

* 《키다리 아저씨》가 출간된 1912년에 미국 여성은 선거권이 없었다. 이 작품이 1920년에 미국 여성이 선거권을 가지게 되는 데 큰 역할을 했다고 한다.

세계사도 듣고요.

윌리엄 셰익스피어의 희곡도 배워요.

프랑스어도요.

이런 식으로 몇 년 더 공부하면, 저도 꽤 지성인이 되겠지요.

프랑스어보다 경제학을 신청했어야 했는데 그러지 못했어요. 프랑스어를 재수강하지 않으면 교수님이 저를 낙제시킬까봐서요. 6월 시험도 겨우 통과했거든요. 하지만 그건 고등학교 과정의 공부가 충분히 뒷받침 되지 못했기 때문일 거예요.

같이 수업을 듣는 학생 중에 프랑스어로 영어만큼이나 빨리 재잘대는 아이가 있어요. 어릴 때 부모님을 따라 외국에 나가서 수녀원 부속학교를 3년간 다녔대요. 다른 학생들보다 얼마나 똑똑할지 상상이 되시죠. 불규칙 동사들을 마음대로 가지고 논다니까요. 제 부모님도 저를 고아원 대신 프랑스 수녀원 부속학교 같은 곳에 버리셨다면 얼마나 좋았을까요. 앗! 아니에요! 그랬더라면 저는 아저씨를 알지도 못했겠지요. 프랑스어를 잘하는 것보다 아저씨를 알게 된 것이 더 좋아요.

아저씨, 이만 줄일게요. 해리엇 마틴을 만나러 가야 해서요. 가서 화학 과목 이야기를 좀 나누다가 차기 과 대표에 대한 이야기를 슬쩍 꺼내 봐야겠어요.

_정치에 푹 빠진

아저씨의 J. 애벗 올림

10월 17일

키다리 아저씨께

체육관 수영장이 레몬 젤리로 가득 차 있다면, 그 속에서 수영하려는 사람은 뜰까요, 가라앉을까요?

디저트로 레몬젤리를 먹다가 불쑥 이런 의문이 들었어요. 우리끼리 삼십 분이나 열띤 토론을 벌였지만 결론을 내리지 못했고요. 샐리는 뜬다고 했는데, 저는 세계 최고의 수영선수라도 가라앉을 거라고 확신해요. 레몬젤리에 빠져 익사한다면 정말 어처구니없는 일이겠지요?

그것 말고도 저희의 관심을 끈 문제가 두 가지 더 있어요.

첫째, 팔각형 모양의 집 안에 있는 방은 어떤 모양일까? 몇몇이 정사각형이라고 주장했지만, 저는 파이 조각처럼 생겨야 된다고 생각해요. 아저씨도 그렇게 생각하시죠?

둘째, 거울로 둘러싸인 커다란 구가 있고 그 중앙에 사람이 앉아 있다면, 얼굴이 비치는 것이 끝나고 등이 비치기 시작하는 지점이 어디일까요? 이 문제는 생각하면 할수록 더 헷갈려요. 저희가 얼마나 심오한 철학적 성찰을 하며 여가 시간을 보내는지 아시겠죠!

참, 선거 결과를 말씀드렸었나요? 하도 바쁘게 지냈더니 삼주 전 일인데도 까마득한 옛일 같네요. 샐리가 당선되었고, 저희는 '맥브라이드 만세'라고 쓴 현수막을 들고 횃불 행진을 했어요. 열네 명의 악단도 있었답니다. (세 명은 하모니카를, 열한 명은 머리빗을 들었지요.)*

'기숙사 258호'에 사는 우리 셋은 유명 인사가 되었답니다. 줄리아와 저까지 엄청난 후광 효과를 누리고 있어요. 과 대표와 한 방에 사는 것만으로도 사교적 부담감이 따르네요.

안녕히 주무세요, 아저씨(Bonne nuit, cher Daddy).

제 인사를 받아주세요(Acceptez mez compliments)

많은 존경을 담아(Très respectueux)

저는 당신의 주디입니다(Je suis votre Judy)

---

* 머리빗에 비닐이나 티슈를 덮으면 떨림판 역할을 해서 하모니카 소리가 난다.

11월 12일

키다리 아저씨께

어제 농구 시합에서 우리가 신입생을 이겼어요. 물론 기뻤지만, 아, 3학년을 이긴다면 얼마나 좋을까요! 그럴 수만 있다면 온몸에 시퍼렇게 멍이 들어 일주일 내내 하마메리스 약초액을 바르며 침대 신세를 져야 한대도 기꺼이 그럴 수 있어요.

샐리가 크리스마스 방학 때 저를 초대했어요. 매사추세츠 주 우스터의 집으로요. 정말 다정한 아이지요? 저도 정말 가고 싶어요. 태어나서 한 번도 일반 가정집에 가 본 적이 없거든요. 록 윌로우 농장은 빼고요. 셈플 씨 부부는 연세가 많으시니까 예외로 둬야죠. 반면에 맥브라이드 집안에는 애들이 가득하고(두셋은 있겠죠) 어머니, 아버지, 할머니에 앙고라 고양이까지 있다니 정말 완벽한 가정이잖아요! 기숙사에 남아 있는 것보다 짐가방을 꾸려 멀리 떠나는 것이 훨씬 신나기도 하고요. 전 지금 잔뜩 기대에 부풀어 있답니다.

이제 7교시예요. 연극 리허설을 하러 뛰어가야 해요. 제가 추수감사절 연극에 나가거든요. 노란 곱슬머리에 벨벳 상의를 입는 탑에 사는 왕자 역할이에요. 재미있겠지요?

_아저씨의

J.A. 올림

토요일

제가 어떻게 생겼는지 궁금하지 않으세요? 레오노라 팬턴이 우리 셋을 찍어준 사진을 보냅니다. 해맑게 웃는 아이가 샐리고, 키가 크고 콧대가 하늘을 찌를 듯한 아이가 줄리아예요. 그리고 바람에 날리는 머리카락이 얼굴에 스치는 키 작은 아이가 주디랍니다. 원래는 더 예쁜데 햇빛에 눈이 부셔서 사진이 이렇게 나온 거예요.

매사추세츠 주 우스터, 스톤 게이트에서

12월 31일

키다리 아저씨께

크리스마스 선물로 수표를 보내 주셔서 진즉 감사 편지를 쓰려고 했는데, 맥브라이드 가족과 함께하는 시간이 어찌나 즐거웠던지 책상 앞에 단 2분도 앉아 있을 겨를이 없었어요.

새 옷을 한 벌 샀어요. 꼭 필요한 건 아니었는데 그냥 갖고 싶어서요. 올해 제가 받은 크리스마스 선물은 아저씨한테서 받은 게 전부예요. 제 가족은 그저 사랑만 보내왔네요.

저는 샐리네 집에서 최고로 근사한 휴가를 보내고 있어요. 샐리네 집은 흰색 테두리가 있는 고풍스럽고 큰 벽돌집으로, 길거리에서 약간 떨어져 있어요. 존 그리어 고아원 시절에 '저

안은 어떻게 생겼을까?' 하고 잔뜩 궁금해서 바라보곤 했던 바로 그런 집이에요. 제 눈으로 직접 보게 되리라곤 꿈도 꾸지 않았는데, 그 안에 들어와 있네요! 모든 게 내 집처럼 무척 편안하고 아늑해요. 이 방 저 방 다니며 집 안 구경에 흠뻑 빠졌답니다.

어린아이들이 자라기에 더할 나위 없이 완벽한 집이에요. 어두컴컴한 구석이 많아 숨바꼭질하기에 안성맞춤이고요, 팝콘을 해 먹을 벽난로도 있어요. 게다가 비오는 날에도 뛰어놀 수 있는 다락방이 있고, 계단 난간 끝에 동글납작한 장식이 붙어 있어 미끄럼 타기에 좋아요. 부엌은 햇볕이 잘 들고 엄청나게 큰데다 마음씨 좋고 쾌활한 뚱보 요리사가 13년째 가족과 함께 살면서 아이들에게 구워 줄 빵 반죽을 항상 조금씩 따로 남겨 놓아요. 이런 집을 구경하고 있노라니 다시 어린아이가 되고 싶어져요.

가족들은 또 어떻고요! 이렇게나 다정하실 줄은 상상도 못했어요. 샐리에겐 아버지, 어머니, 할머니가 계시고 사랑스러운 곱슬머리의 세 살배기 여동생과 발 씻는 걸 항상 깜빡하는 남동생, 그리고 프린스턴 대학 3학년생인 키 크고 잘생긴 지미 오빠가 있어요.

식사 시간마다 정말 즐겁답니다. 모두 한꺼번에 웃고 농담하고 이야기해요. 여기서는 식전 기도를 하지 않아도 돼요. 한 입 먹을 때마다 누군가에게 감사하지 않아도 돼서 마음이 편해요.

(제가 감히 불경한 말을 했네요. 하지만 저처럼 감사를 '의무'적으로 해야 했더라면 아저씨도 마찬가지 심정이셨을 거예요.)

정말 많은 일들이 있었어요. 무엇부터 말씀드려야 할지 모를 정도예요. 맥브라이드 씨는 공장의 사장님인데, 크리스마스 이브에 직원 자녀들을 위해 트리를 만드셨어요. 길쭉한 모양의 포장 작업실에 상록수와 호랑가시나무로 장식한 트리가 세워졌죠. 지미 맥브라이드가 산타클로스 복장을 했고 샐리와 제가 지미를 도와 선물을 나눠 주었어요.

아저씨, 기분이 참 묘했어요! 제가 마치 존 그리어 고아원의 후원자님들처럼 자선을 베푸는 사람이 된 기분이었어요. 저는 사탕이 끈적끈적하게 묻은 귀여운 남자아이에게 뽀뽀를 해 줬어요. 이사님들처럼 머리를 쓰다듬지는 않았어요.

그리고 크리스마스 이틀 뒤에 샐리네 가족들이 저를 위해 집에서 무도회를 열어 주셨어요.

난생 처음 진짜 무도회에 참석했어요. 대학 무도회는 여자애들끼리 춤을 추니까 제외하고요. 새로 산 흰색 이브닝드레스를 입고(아저씨가 크리스마스 선물로 주신 거요. 정말 감사합니다.) 긴 흰색 장갑을 끼고 하얀 공단 실내화를 신었죠. 딱 한 가지만 더 있었으면 완벽하게 행복했을 텐데, 바로 리펫 원장님이 제가 지미 맥브라이드와 맨 앞에 서서 코티용*을 추는 것을 보지 못했다는 거예요. 다음에 존 그리어 고아원에 가시면 원장 선생님께 꼭 말씀해 주세요.

_아저씨의 영원한

주디 애벗 올림

추신. 제가 만일 결국에는 위대한 작가가 되지 못하고 그저 평범한 여자애로 머문다면, 아저씨는 몹시 실망하시겠지요?

토요일 6시 30분
아저씨께

오늘 저희가 시내로 걸어가고 있었는데, 세상에! 비가 어찌나 쏟아지던지요. 겨울에는 겨울답게 비가 아니라 눈이 내렸으면 좋겠어요.

오후에 줄리아의 멋진 삼촌이 다시 이곳을 방문하셨어요. 초콜릿을 엄청 많이 사 오신 거 있죠. 줄리아와 함께 사니 좋은 점도 있네요.

저희가 천진하게 재잘대는 게 재미있으셨던지 공부방에서 함께 차를 마시려고 기차 시간을 늦추셨어요. 그분의 출입 허가를 받느라고 얼마나 힘들었는지 몰라요. 아버지와 할아버지

---

* cotillon. 4~8인이 줄곧 상대를 바꾸며 추는 활발한 프랑스 춤이다.

의 출입도 까다로우니 삼촌은 오죽하겠어요. 남자 형제나 사촌은 거의 불가능하다고 봐야죠. 줄리아는 공증인 앞에서 그분이 자기 삼촌인 걸 선서하고 군 서기의 증명서까지 제출해야 했어요. (제가 법을 제법 잘 알지요?) 학장님이 저비스 삼촌이 얼마나 젊고 잘생겼는지 보셨더라면, 그렇게까지 하고도 티타임은 허락하지 않으셨을 거라는 생각이 드네요.

어쨌든 우린 함께 차를 마셨답니다. 갈색 빵에 스위스 치즈를 넣은 샌드위치를 곁들여서요. 그분은 같이 만들고 네 조각이나 드셨죠. 제가 지난여름 록 윌로우 농장에서 지냈다고 말씀드렸고, 셈플 씨 부부와 말과 암소와 닭에 대해 재미난 이야기를 나누었어요. 그분이 알고 있던 말들은 그로버만 빼고 다 죽었더라고요. 그분이 마지막으로 농장에 갔을 때 망아지였던 그로버가 이젠 늙어서 절뚝거리고 풀도 겨우 뜯어 먹어요.

그분이 '여전히 도넛은 파란 뚜껑의 노란 항아리에 넣어 찬장 맨 아래 선반에 두겠지요?' 하고 물으셨어요. 정말 그래요! 아직도 밤에 목장에 나가면 돌무더기 아래에 마멋이 파놓은 구멍이 보이냐고도 물으셨어요. 그럼요! 올여름 애머사이가 크고 살찐 회색 마멋을 잡았는데, 아마 그 녀석은 어린 저비 도련님에게 잡혔던 마멋의 25대손쯤 되겠네요.

제가 '저비 도련님'이라고 불렀는데, 기분이 상하신 것 같진 않았어요. 줄리아는 삼촌이 이토록 다정한 모습은 처음 봤대요.

평소엔 다가가기 어려운 분이라나요. 하지만 그도 그럴 것이 남자분과의 대화에는 요령이 필요한데 줄리아는 그런 방면에 재주가 전혀 없어요. 그들은 제대로 쓰다듬어 주면 가르랑거리고 그렇지 않으면 으르렁대는 고양이 같은 존재니까요. (썩 고상한 표현은 아니네요. 그냥 비유적으로 말해 본 것뿐이에요.)

요즘은 바시키르체프Marie Bashkirtseff의 일기를 읽고 있어요. 굉장하죠? 이 문장 한번 보세요. '지난밤 나는 절망에 사로잡혀서 구슬프게 신음하다 결국은 식당 벽시계를 바다로 던져버리고 말았다.'

이 문장을 보니 제가 천재가 아닌 게 천만다행이에요. 천재가 곁에 있으면 무지 피곤할 거 아녜요. 가구도 다 망가질 테고요.

어이쿠! 비가 억수같이 퍼붓고 있네요. 오늘밤 예배당까지 헤엄쳐 가야 할지도 모르겠어요.

_아저씨의 영원한

주디 올림

1월 20일

키다리 아저씨께

혹시 요람에서 사랑스러운 딸아이를 잃어버린 적 없으세요? 어쩌면 제가 그 아이일지도 몰라요! 우리가 소설 속 인물이라면, 이 부분이 대단원이겠죠?

　자신이 누군지 모른다는 건 서글픈 일이에요. 그런데 한편으론 설레고 낭만적이기도 해요. 아주 많은 가능성이 있으니까요. 전 미국인이 아닐지도 몰라요. 그런 사람들도 많잖아요. 고대 로마인의 직계 후손이거나, 바이킹의 딸이거나…… 추방된 러시아인의 딸이라서 시베리아 감옥에 있어야 마땅할지도 몰라요. 어쩌면 집시일 수도 있죠. 그럴듯하잖아요. 제가 방랑벽이 좀 있거든요. 이제껏 그걸 발휘할 기회가 없었던 것뿐이에요.

　혹시 제 어린 시절의 수치스러운 사건을 아시나요? 쿠키를 훔친 죄로 벌을 받고 고아원에서 도망쳤던 일이요. 생활기록부에 쓰여 있으니 이사님이라면 누구든 보실 수 있었을 거예요. 하지만 아저씨, 다른 도리가 있었겠어요? 배고픈 아홉 살짜리 꼬마 여자애한테 손닿을 곳에 쿠키 항아리가 있는 부엌에서 수저를 닦게 시키고는 혼자 남겨두었다면요. 잠시 후 갑자기 다시 나타나면 당연히 여자애 입가에 쿠키 부스러기가 묻어 있지 않겠어요? 그런데도 아이의 팔을 확 낚아채고 뺨을 때리고, 후식으로 푸딩이 나오고 있는데 나가라고 하면서 다른 원생들에게 '저 아이는 도둑질을 해서 벌을 받는 것'이라고 말한다면, 아이가 달아나는 게 당연하지 않겠어요?

　저는 겨우 6킬로미터밖에 못 가고 붙잡혀서 다시 고아원으로 끌려왔어요. 그리고 일주일 내내 다른 아이들이 밖으로 나와 노는 동안 말썽쟁이 강아지처럼 뒷마당의 말뚝에 묶여 있었죠.

이런! 예배 종이 울리네요. 예배에 갔다가, 끝나면 위원회 모임에도 가야 해요. 이번에는 정말 재미있는 편지를 쓰려고 했는데 죄송해요.

_안녕히 계세요(Auf wiedersehen)* 아저씨.

평안하시길(Pax tibi)!

주디 올림

추신. 한 가지는 완벽하게 확실해요. 제가 중국인이 아니라는 거요.

2월 4일
키다리 아저씨께

지미 맥브라이드가 제 방 한쪽 벽을 다 덮을 만큼 큰 프린스턴 대학교 배너를 보내 주었어요. 저를 기억해 준 건 고맙지만, 그걸로 도대체 뭘 하란 말인지 모르겠어요. 샐리와 줄리아가 그걸 벽에 길게 두시 않을 거예요. 올해는 방을 붉은색으로 꾸몄거든요. 거기에 오렌지와 검정을 더하면 어떻게 되겠어요. 하

---

* 이번에는 독어를 섞어 쓰고 있다.

오전 6시

일찍 일어나는 새가
욕조를 먼저 차지하지요

지만 아주 부드럽고 따뜻하고 두툼한 펠트천으로 만든 거라서 그냥 두기엔 아까워요. 목욕 가운을 만들어 입으면 이상할까요? 원래 입던 게 빨았더니 줄어들었거든요.

요즘은 제가 뭘 배우고 있는지 통 말씀드리지 않았네요. 제 편지들만 봐서는 짐작이 안 되시겠지만, 저는 요즘 공부에 전념하고 있답니다. 다섯 과목을 한꺼번에 공부하려니 정신이 없네요.

화학 교수님은 이렇게 말씀하세요.

"진정한 학자라면 세세한 부분까지 주의를 기울여야 한다."

그런데 역사 교수님은 이렇게 말씀하시죠.

"지엽적인 부분에만 매달리지 않도록 주의하세요. 시야를 멀리 두고 전체를 다 바라볼 수 있도록 하세요."

화학과 역사 사이에서 갈피를 잡느라 얼마나 고생일지 아시겠지요? 저는 역사 교수님의 방식이 좀 더 마음에 들어요. 제가 정복자 윌리엄이 1492년에 왔다고 말하거나, 콜럼버스가 아메리카 대륙을 발견한 때가 1100년 혹은 1066년 혹은 아무때라고 하든, 그런 지엽적인 부분에 개의치 않으실 테니까요. 그래서인지 역사 수업 시간에는 마음이 느긋하니 안심이 됩니다. 화학 시간엔 전혀 그렇지 못하고요.

6교시 종이 울리네요. 실험실로 가서 산, 염기, 알칼리 같은 세세한 물질들을 관찰해야 해요. 제 화학 실험복에 염산을 흘리는 바람에 접시만 한 구멍이 났어요. 이론대로라면 강한 암모니아로 그 구멍을 중화시킬 수 있어야 하는 것 아닌가요?

시험이 다음 주로 다가왔습니다. 하지만 겁나진 않아요.

_아저씨의 영원한

주디 올림

3월 5일
키다리 아저씨께

3월의 바람이 불고, 하늘에 검고 묵직한 구름이 떠다닙니다. 소나무 숲에서 까마귀들이 까악까악 울어대고요! 그 소리에 자꾸 도취되고 들뜹니다. 책장을 탁 덮고 언덕으로 올라가 바람과 경주라도 하고 싶어져요.

지난 토요일에 질퍽질퍽한 시골길을 8킬로미터가 넘게 뛰어다니며 여우사냥*을 했어요. 여우들(색종이 조각을 잔뜩 든 세 여학생)이 스물일곱 명의 사냥꾼들보다 30분 전에 출발했어요. 저는 사냥꾼이었어요. 여덟 명이 중도에 포기해서 열아홉만 남았죠. 여우의 흔적이 언덕을 넘어 옥수수 밭을 지나 늪까지 이어졌길래 우리는 발이 빠지지 않으려고 통통 뛰면서 늪을 건넜어요. 물론 절반은 발목까지 잠겨버렸지만요. 계속 흔적을 놓치는 바람에 늪에서 25분이나 허비했어요. 그러다가 숲을 지나 언덕 위로 올라가니까 헛간이 보였어요! 그런데 헛간 문은 모조리 잠긴데다가 창문은 아주 높고 작았어요. 이건 공정하다곤 할 수 없는 일 아니에요?

다행히 우리는 들어가지 않았어요. 헛간 주위를 돌다가 낮은 헛간 지붕에서 담을 타넘은 흔적을 발견했거든요. 여우들은 사냥꾼들을 헛간에 붙잡아 놓을 생각이었겠지만, 당하고 있을 우리가 아니었지요. 우리는 곧장 3킬로미터가 넘는 완만한 초원을 걸어갔어요. 색종이가 점점 드문드문 보여서 따라가기 무척 힘겨웠지만요. 색종이 간격이 2미터를 넘지 않는 게

---

* paper chase. 술래가 종잇조각을 흘리며 도망가고 나머지가 추적하는 놀이.

규칙인데, 그렇게 긴 2미터는 처음 봤네요. 두 시간을 계속 걸어서 결국 '크리스털 스프링'(여학생들이 썰매나 건초 마차를 타고 가서 닭고기나 와플을 먹곤 하는 농가예요)에 있는 '여우님'들을 찾아냈죠. 여우들은 매우 흐뭇해 하며 우유와 꿀과 비스킷을 먹고 있었어요. 사냥꾼들이 그렇게나 멀리 쫓아올 줄은 상상도 못했던 거예요. 여전히 헛간 창문에 매달려 있을 거라고 여겼던 거지요.

우린 서로 이겼다고 우겼어요. 제 생각엔 사냥꾼들이 이긴 것 같은데, 아저씨도 그렇게 생각하시죠? 여우들이 학교로 돌아가기 전에 잡았잖아요. 어쨌든 우리 사냥꾼들은 메뚜기처럼 다닥다닥 자리에 붙어 앉아 꿀을 달라고 아우성쳤어요. 열아홉 명 모두가 먹기에는 양이 부족해서 크리스털 스프링 부인(우리가 아주머니에게 붙여준 애칭이에요. 진짜 이름은 존슨 부인이에요)이 갈색 빵 세 덩이에 딸기잼 항아리와 지난주에 만든 메이플 시럽 한 통을 가져다주셨어요.

6시 반에야 학교로 돌아왔어요. 서녁 식사 시간에 30분이나 늦어서 옷도 갈아입지 않고 부랴부랴 식당으로 갔는데 아무리 먹어도 배가 안 차는 거예요! 우리 모두 서녁 예배는 빠졌어요. 축축한 부츠가 충분한 변명거리가 되었거든요.

시험 이야기는 말씀 안 드렸죠? 전 과목 모두 가볍게 통과했어요. 이제 비결을 알겠어요. 다시는 낙제하지 않을 거예요.

1학년 때 들었던 그 지긋지긋한 라틴어 작문과 기하학 때문에 우등 졸업은 틀렸지만 상관없어요. '그대만 행복하다면 무엇이 문제가 되오리까?' (영어 고전 시간에 읽은 인용문이에요.)

고전 얘기가 나와서 말인데요, 《햄릿》읽어 보셨나요? 아직 안 읽었다면 지금 당장 읽어 보세요. 정말 훌륭한 작품이에요. 지금까지 셰익스피어라면 귀에 딱지가 앉도록 들어왔지만, 이 정도로 글을 잘 쓰는 사람인 줄은 전혀 몰랐어요. 순전히 명성 때문에 높이 평가되는 게 아닌가 하고 늘 의심했거든요.

제가 아주 오래 전 처음으로 글 읽기를 배웠을 때 생각해낸 흥미로운 놀이가 있어요. 매일 밤마다 제 자신을 그 당시 읽고 있는 책에 나오는 인물(가장 중요한 인물)이라고 생각하며 잠자리에 드는 거예요.

지금 저는 오필리아예요. 정말 현명한 오필리아 말이에요! 저는 언제나 햄릿을 즐겁게 해 주고, 어루만져 주고, 때로는 잔소리도 하고, 감기에 걸리면 목 찜질도 해 주죠. 제가 햄릿의 우울증도 완전히 고쳐 주었답니다. 왕과 왕비는 두 분 다 돌아가셨어요. 바다에서 사고를 당했기 때문에 장례식을 치를 필요는 없었어요. 그래서 햄릿과 저는 그 누구의 간섭도 없이 덴마크를 다스리고 있답니다. 우리는 왕국을 훌륭하게 이끌고 있어요.

햄릿은 국정을 돌보고 저는 자선 사업에 힘써요. 그래서 제가 방금 최고의 고아원을 몇 군데 설립했답니다. 아저씨나 다

른 후원자님들 중에서 그곳을 방문하기를 희망하는 분이 계시
다면, 제가 안내해 드릴게요. 아저씨께서 좋은 조언을 많이 주
실 수 있을 거예요.

_경의 가장 우아한, 덴마크 여왕

오필리아 올림

3월 24일(어쩌면 25일)
키다리 아저씨께

저는 아무래도 천국에 못 갈 것 같아요. 이 세상에서 이렇게
좋은 일들을 많이 누렸는데 죽어서까지 천국에 간다면, 그건
공평하지 못하잖아요. 무슨 일이 있었는지 이제 말씀드릴게요.

제루샤 애벗이 교내 월간지에서 매년 주최하는 상금 25달러
짜리 단편소설 공모전에 당선됐어요. 겨우 2학년인 제가요! 응
모자의 대다수가 4학년이거든요. 제 이름이 붙은 걸 보고도 꿈
인지 생시인지 믿기지 않았어요. 결국 제가 작가가 되긴 하려나
봐요. 리펫 원장님이 그런 보잘것없는 이름만 지어 주지 않았더
라도 좋았을 텐데. 시시한 여류 작가가 될 이름 같지 않으세요?

봄 연극제의 배우로도 뽑혔답니다. 작품은 셰익스피어의 〈뜻
대로 하세요〉예요. 로잘린드의 사촌 실리아 역이죠.

마지막으로, 다음 주 금요일에 줄리아와 샐리와 함께 뉴욕에

가요. 거기서 봄맞이 쇼핑을 하고 하룻밤 묵은 뒤 '저비 도련님'과 함께 극장에 갈 거예요. 그분이 저희를 초대하셨거든요. 줄리아는 자기 집에서 가족들과 머물겠지만, 샐리와 저는 '마사 워싱턴 호텔'에 머물 거예요. 이렇게 신나는 일이 또 있을까요? 저는 호텔에 가 본 적도 없거니와 극장도 처음 가 봐요. 성당에서 축제를 열어 고아들을 초대했을 때 갔던, 그건 진짜 연극이 아니었으니까 뺄게요.

그렇다면 저희가 뭘 보러 갈 것 같으세요? 햄릿이에요. 생각만 해도 가슴이 뛰어요! 셰익스피어 수업 시간에 4주나 공부해서 이젠 눈 감고도 알 수 있을 정도거든요.

앞으로 벌어질 이런 일들을 생각하면 너무 들떠서 잠이 오지 않아요.

안녕히 계세요, 아저씨.

정말 즐거운 세상이에요.

_아저씨의 영원한

주디 올림

추신. 방금 달력을 봤는데 28일이네요.

추신 하나 더 추가. 오늘 전차를 탔는데 차장의 눈이 한쪽은 갈색이고 한쪽은 파란색이었어요. 탐정 소설에 나오는 범인 역할에 알맞을 것 같지 않으세요?

4월 7일

키다리 아저씨께

우와! 뉴욕은 정말 커요! 뉴욕에 비하면 우스터는 아무것도 아니에요. 아저씨가 그렇게 혼잡한 곳에서 살고 계시는 게 맞아요? 뉴욕에서의 이틀 동안 얼마나 많이 놀랐던지, 평정심을 찾으려면 족히 네 달은 걸리겠어요. 무엇부터 말씀드려야 할지도 모르겠어요. 물론 아저씨는 그곳에 사시니까 잘 아실 테지만요.

거리의 풍경이 정말 재미있지 않으세요? 사람들은요? 가게들은요? 그곳 가게들 진열창 너머의 물건들만큼 사랑스러운 것은 처음 봤어요. 평생 그런 옷을 입으며 살고 싶다는 생각이 절로 들더라고요.

토요일 아침에 우리 셋이 쇼핑을 갔어요. 줄리아가 저희를 난생 처음 보는 호화로운 장소로 데려갔어요. 벽이 흰색과 금색으로 칠해져 있고, 바닥에는 푸른 카펫이 깔렸어요. 푸른 비단 커튼이 드리우고 금박을 입힌 의자도 있었죠. 끝자락이 바닥에 끌리는 검정 실크 드레스를 입은 완벽하게 아름다운 금발 여인이 미소를 지으며 반갑게 저희를 맞아 주었어요. 저는 순간 사교적인 방문으로 착각이 되어서 악수를 청했다니까요. 모자를 사러 갔을 뿐인데 말이죠. 적어도 한 명은요. 줄리아는 거울 앞에 앉더니 모자를 열 개도 넘게 써 보았어요. 점점 더 예쁜 것들이 나오니까, 제일 예쁜 것 두 개를 골라서 샀어요.

거울 앞에 앉아서 가격을 고민하지 않고 마음에 드는 모자로 척척 사는 것만큼 즐거운 일이 또 있을까요? 아저씨, 뉴욕이라는 곳은 존 그리어 고아원에서 꾸준히 길러온 검소함이라는 덕목을 순식간에 망가뜨릴 게 뻔해요.

쇼핑이 끝나고 셰리스라는 식당에서 저비 도련님을 다시 만났어요. 아저씨도 셰리스에 가 보셨죠? 그곳을 떠올려 보세요. 그러고 나서 기름 먹인 식탁보 위에 절대로 깨지지 않는 흰 식기들과 나무 손잡이가 달린 나이프와 포크가 놓인 존 그리어 고아원의 식당을 떠올려 보세요. 제 기분이 상상이 되시죠?

제가 생선 요리를 생선용이 아닌 포크로 먹고 있자 웨이터가 친절하게도 아무도 눈치 채지 못하게 다른 포크를 건네줬어요.

점심 식사 후에 극장에 갔어요. 눈부시게 화려하고, 믿을 수 없을 만큼 멋진 곳이었어요. 매일 밤 그 극장 꿈을 꾼답니다.

셰익스피어는 정말 대단한 사람이지 않나요?

무대에서 공연되는 〈햄릿〉은 수업 시간에 분석했던 것보다 훨씬 좋았어요. 그때는 이렇느니 저렇느니 평가했었는데, 직접 보고 나니 감히 아무 말도 못 하겠어요!

아저씨만 괜찮으시면 저는 작가보다 배우가 되고 싶어요. 대학을 그만두고 연극 학교에 들어가도 될까요? 그러면 제가 출연하는 연극마다 특등석 초대권을 보내드리고 무대 조명을 받으며 아저씨께 미소를 지을 수 있을 텐데요. 단춧구멍에 빨간 장미만 꽂고 오세요. 그러면 제가 아저씨를 알아보고 웃을게요. 다른 사람을 보고 웃어 버린다면 정말 난처한 일이잖아요.

토요일 밤에 돌아오는 기차 안에서 저녁을 먹었어요. 식탁 위에서 분홍빛 조명이 빛나고 흑인 웨이터도 있었어요. 저는 기차 안에서도 식사할 수 있다는 사실을 한 번도 들어본 적이 없었기에, 무심코 그렇게 중얼거렸죠. 그랬더니 줄리아가 묻더군요.

"넌 도대체 어디서 자랐니?"

저는 줄리아에게 순순히 말했어요.

"시골에서."

"아무리 그래도 그렇지, 여행도 한 번 안 했니?"

"대학에 올 때가 처음이었어. 그때는 고작 250킬로미터 거리였으니 식사는 하지 않았어."

줄리아는 갈수록 제게 호기심이 느끼나 봐요. 제가 불쑥불쑥 엉뚱한 얘기들을 하니까요. 안 그러려고 하는데, 놀랄 때면 저도 모르게 감추고 있던 이야기가 툭 튀어나와요. 그런데 전 늘 놀라잖아요. 아저씨, 존 그리어 고아원에서 18년을 살아온 제가 갑자기 세상에 던져졌으니 얼마나 얼떨떨하겠어요.

그래도 적응해 가고 있답니다. 예전과 같은 어이없는 실수들은 저지르지 않아요. 게다가 이젠 다른 아이들과 지내는 것에도 불편함이 없어졌어요. 예전의 저는 남들의 시선을 느낄 때마다 쭈뼛거렸어요. 그들의 시선이 제가 입은 새 옷이 아니라,

그 아래에 있는 체크무늬 무명옷을 꿰뚫어 보는 것만 같아서요. 하지만 이젠 체크무늬 무명옷 따위에 주눅들어 있지 않을 거예요. 그날의 괴로움은 그날로 족하나니.*

꽃 이야기를 빠뜨렸네요. 저비 도련님이 저희에게 제비꽃과 은방울꽃을 한 다발씩 선물하셨어요. 정말 다정하시죠? 후원 재단 이사님들만 봐서 그런지 남자분을 좋아한 적이 없는데, 생각이 바뀌고 있어요.

열한 장이나 썼네요. 이런 게 제대로 된 편지죠! 기운 내세요. 이제 다 썼어요.

_언제나 아저씨의

주디 올림

4월 10일

부자 아저씨께

보내 주신 50달러를 돌려드립니다. 진심으로 감사하지만 받을 수 없습니다. 지금 받는 용돈으로도 필요한 모자는 다 사고도 남습니다. 모자 가게 이야기를 괜히 쓸데없이 늘어놓았나 봅니다. 그런 곳에 처음 가 봐서 말씀드리고 싶었을 뿐입니다.

---

* "Sufficient unto yesterday is the evil thereof." 성경 마태복음의 구절.

그렇지만 구걸하려던 건 아닙니다! 앞으로 필요 이상의 자선
은 받지 않겠습니다.

_제루샤 애벗 올림

4월 11일

사랑하는 아저씨께

저를 용서해 주세요. 그런 편지를 쓰다니! 어제 편지를 부친
후에야 후회가 밀려들어서 되돌려받으려고 했지만, 우체국 직
원이 매정하게 돌려주지 않았어요.

지금은 한밤중입니다. 몇 시간째 뜬눈으로 지새우고 있어요.
제가 얼마나 벌레 같은 인간인지 생각하면서요. 다리가 천 개나
달린 징그러운 벌레. 이게 제가 할 수 있는 가장 나쁜 말이에요!
줄리아와 샐리가 깨지 않도록 공부방 문을 살그머니 닫고 들어
와, 침대 위에 앉아 역사 공책을 한 장 찢어 이 글을 쓰고 있어요.

수표를 보내 주신 일에 대해 무례하게 굴어서 죄송하다는 말
씀을 꼭 드리고 싶었어요. 친절한 마음이셨다는 걸 알고, 또 모
자 이야기 같은 하찮은 일까지 마음을 써 주시는 신사이신 것
도 알아요. 돌려드리는 제 태도가 훨씬 더 정중해야 했어요.

하지만 그 수표는 어쨌든 꼭 돌려드려야 했어요. 저는 다른
아이들과 다르니까요. 그 애들은 남들에게 뭔가 받아도 괜찮아

요. 아버지와 형제, 숙모나 삼촌 들이 있으니까요. 하지만 제게
는 그런 혈육이 한 명도 없어요. 아저씨를 제 친척이라고 상상
해 보기도 하지만, 그냥 해 보는 생각이지 사실이 아니죠. 저는
혈혈단신으로 벽을 등진 채 세상과 싸워야 해요. 세상에 홀로
내동댕이쳐졌다는 생각이 들 때면 숨도 제대로 쉴 수 없어요.
애써 그런 생각들을 떨쳐버리고 괜찮은 척하죠. 정말 모르시겠
어요, 아저씨? 전 꼭 필요한 돈 이상은 받을 수 없어요. 왜냐하
면 언젠가는 그 돈을 갚고 싶은데, 제가 바람대로 훌륭한 작가
가 된다고 해도 그 어마어마한 빚을 감당할 수는 없을 거예요.

저도 예쁜 모자와 예쁜 물건들을 가지고 싶지만, 미래를 저
당 잡히면서까지 그런 것들을 살 수는 없어요.

저의 무례함을 용서해 주시겠지요? 저는 무슨 생각이든 떠
오르는 즉시 충동적으로 글을 쓰고 되찾을 수도 없게 부쳐버리
는, 아주 고약한 버릇이 있어요. 그래서 종종 생각이 짧고 배은
망덕한 아이로 여겨지지만, 절대로 진심이 아니에요. 지금의 삶
과 자유와 독립을 누릴 수 있도록 아저씨께서 베풀어 주신 은
혜에 마음속으로 항상 감사하고 있습니다. 저의 어린 시절은
길고 음울한 반항의 시간들이었는데, 이제는 매 순간이 행복한
나머지 꿈인지 현실인지도 모를 정도예요. 마치 이야기책에 등
장하는 여자 주인공이 된 기분이랍니다.

새벽 2시 15분이에요. 이제 까치발로 살금살금 나가서 이 편

지를 부쳐야겠어요. 어제 편지에 이어 곧바로 이 편지를 받으시면, 절 나쁜 아이라고 생각하실 시간이 그리 길지 않을 거예요.

안녕히 주무세요, 아저씨.

_언제나 아저씨를 사랑하는

주디 올림

5월 4일

키다리 아저씨께

지난 토요일에 운동회가 열렸어요. 정말 볼거리가 가득한 행사였어요. 처음에 전교생이 흰 운동복을 입고 행진했는데, 4학년은 파란색과 금색으로 된 일본풍 우산을, 3학년은 흰색과 노란색 깃발을 들었지요. 우리 2학년은 진홍색 풍선을 들었는데 툭하면 끈이 풀려 하늘로 날아가는 바람에 사람들의 시선이 집중되었어요. 1학년은 긴 장식 리본을 단 초록색 종이 모자를 썼어요. 시내에서 고용한 악대는 푸른 제복을 입었고, 서커스의 광대 같은 이들도 여남은 명 있어서 경기 중간 중간에 관중들을 즐겁게 해 주었어요.

줄리아는 린넨 청소복을 입고 구레나룻을 붙이고 늘어진 우산을 써서 뚱뚱한 시골 남자로 분장했어요. 키가 크고 마른 팻시 모리어티(진짜로 이름이 퍼트리시예요. 이런 이름 들어 보셨어요? 리펫 원장님도 이보다는 더 좋은 이름을 생각해 내실걸요?) 는 우스꽝스러운 녹색 보닛*을 한쪽 귀에 걸치고 줄리아의 부인 노릇을 했고요. 행진 내내 웃음의 물결이 그 애들을 뒤따랐어요. 줄리아가 그 역할을 기막히게 잘했어요. 저비 도련님께는 죄송한 말씀이지만, 펜들턴 집안 사람에게 그런 희극적 영혼이 있을 줄은 상상도 못했어요. 사실 아저씨도 진짜 이사님이 아니고, 저비 도련님도 펜들턴 집안 사람이 아닐 것 같기도 해요.

샐리와 저는 경기를 뛰느라고 행진에 참여하지 못했어요. 경기 결과가 어땠게요? 둘 다 우승했어요! 적어도 몇 종목씩은요. 멀리뛰기는 둘 다 탈락했지만, 샐리는 장대높이뛰기에서 일등을 했고(2미터 20센티!), 저는 50미터 달리기에서 일등을 했지요.(기록은 8초였어요.)

결승지점에 이르렀을 때 숨은 몹시 찼지만, 대단히 즐거웠어요. 저희 학년 전체가 풍선을 흔들며 응원하고 소리쳤어요.

주디 애벗을 봐!
정말 끝내준다.
누가 끝내준다고?
주디 애—벗이라구!

---

* bonnet. 턱밑으로 끈을 묶어서 고정하는 여성용 모자.

누디가 50미터 경주에서
일등을 하다

아저씨, 그건 정말 영예스러웠어요. 그러고는 탈의실용 천막으로 뛰어가 알코올 마사지를 받고 레몬도 빨아 먹었어요. 진짜 운동선수들 같죠? 학년 대표로 나가서 우승하는 건 정말 근사한 일이에요. 최다 종목에서 우승한 학년이 그 해의 우승컵을 가져가요. 올해는 일곱 종목에서 우승한 4학년이 우승컵을 차지했어요. 경기 위원회가 체육관에서 우승자 전원에게 만찬을 열어 주었어요. 우리는 껍질이 부드러운 게 튀김과 농구공 모양으로 만든 초콜릿 아이스크림을 먹었답니다.

어제는 밤늦게까지 《제인 에어Jane Eyre》를 읽었어요. 아저씨는 60년 전이 기억날 정도로 나이가 많으세요? 만약 그러시다면 그 당시 사람들이 이런 말투로 말했나요?

거만한 블랑시 부인이 하인에게 이렇게 말하거든요. "이 나쁜 자식, 그만 지껄이고 시키는 일이나 해." 로체스터 씨는 하늘을 보고 '금속 창공'이라고 해요. 그리고 미친 여자도 있어요. 하이에나처럼 웃고 침실 커튼에 불을 지르고 웨딩드레스의 면사포를 찢고 사람도 물어요. 순전히 신파에 통속소설인데, 바로 그래서 사람들이 읽고 또 읽어요. 어떻게 처녀가 이런 책을 쓸 수 있었을까요? 그것도 교회 안에서만 자란 처녀가요. 브론테 자매에게는 제 마음을 사로잡는 뭔가가 있어요. 그들의 책과 삶과 마음, 모두에서요. 그런 생각을 어디서 얻었을까요? 어린 제인이 자선 학교에서 괴로움을 겪는 대목에서, 저는 정말이지 화가 나서 밖으로 나가 좀 걸어야 했어요. 제인이 느꼈을 감정을 저는 정확하게 알거든요. 리펫 원장님을 알고 있으니, 브로클허스트 씨가 어떤 사람일지도 훤히 알 수 있었어요.

기분 상하지 마세요, 아저씨. 존 그리어 고아원이 로우드 학교와 비슷하다는 뜻은 아니었어요. 저희는 먹을 것도 많았고 입을 것도 많았어요. 씻을 물도 충분했고 지하실에 난로도 있었으니까요. 하지만 딱 한 가지가 꼭 닮았어요. 생활이 지독하게 단조롭고 무미건조하다는 거요. 일요일에 아이스크림을 먹는 것을 빼면 좋은 일이라곤 없었고, 그조차도 규칙적으로 반복되는 행사였지요. 18년 동안 모험이라고는 딱 한 번, 장작을 보관하는 헛간에 불이 났을 때뿐이었어요. 우리는 본관에 불이 옮겨 붙을까 봐 한밤중에 기상해서 옷을 입고 대피할 준비를 했죠. 결국 불이 옮겨 붙지 않아서 우리는 다시 잠자리로 돌아갔어요.

누구나 종종 깜짝 놀랄 만한 일들이 일어났으면 하고 바라죠. 아주 자연스러운 인간의 열망이에요. 하지만 저는 리펫 원장님의 원장실에 불려가서 존 스미스 씨께서 대학에 보내 주실 거라는 말을 들었을 때가 최초였어요. 게다가 원장님이 하도 뜸을 들이며 말씀하셔서 놀랄 기회마저 놓쳤고요.

아저씨, 저는 사람에게 꼭 필요한 능력이 상상력이라고 생각해요. 상상력이 있어야 나 아닌 다른 사람의 입장에서 생각할 수 있어요. 친절과 공감과 이해심도 생겨요. 그래서 어릴 때부터 상상력을 키워 줘야 해요. 하지만 존 그리어 고아원은 상상력의 싹만 보여도 즉시 잘라 버려요. 그곳에서 장려하는 자질이라곤 오직 의무감뿐이지요. 저는 아이들에게 '의무'라는 단어도 알려 주면 안 된다고 생각해요. 끔찍하고 혐오스러운 단어예요. 아이들은 뭐든지 의무감에서 하면 안 돼요. 사랑에서 우러나와서 해야 해요.

제가 원장이 되어 이끌어 나갈 고아원을 기대해 주세요! 밤에 잠들기 전에 하는 상상 중에 제일 재미있어요. 식단과 의복과 공부와 놀이 등 아주 세세한 계획까지 짜고 있답니다. 상벌까지도요. 아무리 착한 원생들도 가끔씩은 잘못을 저지르니까요.

하지만 어쨌든 그 애들은 행복할 거예요. 자랄 때 아무리 많은 어려움을 겪더라도, 누구나 어린 시절을 돌아봤을 때 떠올릴 행복한 기억이 있어야 해요. 만약 나중에 제가 아이를 낳는다면, 제가 아무리 불행해도 애들은 아무런 근심걱정 없이 자라게 해줄 거예요.

(예배 종이 울리네요. 이 편지는 다음에 마무리 지어야겠어요.)

목요일

오후에 실험실에서 돌아오니, 다람쥐 한 마리가 티 테이블 위에 앉아서 아몬드를 실컷 까먹고 있었어요. 요즘 날씨가 따뜻해서 창문을 열어 놓았더니 이런 반가운 손님이 찾아오네요.

토요일 아침

어제가 금요일인데다 오늘은 수업도 없으니, 아저씨는 아마 제가 지난밤에 상금으로 산 스티븐슨 전집을 읽으면서 조용하고 만족스러운 주말을 맞이했을 거라고 생각하시나요? 그렇다면 아저씨는 여자 대학교에 한 번도 와 본 적이 없으신 거예요. 친구들 여섯 명이 퍼지를 만들자고 몰려와서는 퍼지를 엎었지 뭐예요. 그것도 반죽이 아직 굳지 않았을 때 우리가 가장 아끼는 양탄자 한 가운데에 말이에요. 그 자국은 절대로 깨끗이 닦아 낼 수 없을 것 같아요.

요즘 배우는 것들을 말씀드리지 않았네요. 하지만 여전히 매일매일 열심히 공부하고 있답니다. 틈틈이 책장을 덮고 여럿이 모여 삶에 대해 서로 이런저런 이야기를 나누면 휴식이 됩니다. 아저씨에게 제가 일방적으로 말하는 것보다는 말이에요. 물론 아저씨의 잘못은 아니지요. 언제든 내킬 때 답장을 써 주시면 환영할게요.

편지를 쓰다 말다 했더니 사흘이나 걸렸네요. 지금쯤 아저씨가 지루하실까 봐(vous etes bien bored) 걱정이 되네요!

_안녕히 계세요. 다정한 아저씨.

주디 올림

키다리 아저씨 스미스 씨께

이사님, 논증법과 논제를 항목별로 분류하는 법을 다 배웠으니, 오늘의 편지는 그 형식대로 써 보겠습니다. 필요한 사실은 다 담기고, 불필요한 말은 한 마디도 들어가지 않을 것입니다.

1. 이번 주에 시험을 치렀음.

   가. 화학

   나. 역사

2. 새 기숙사가 건립되고 있음.

   가. 자재는

   　　1) 붉은 벽돌

   　　2) 회색 돌

   나. 수용 인원은

   　　1) 사감 1명, 강사 5명

   　　2) 여학생 200명

   　　3) 관리인 1명, 조리사 3명, 식당 여직원 20명, 청소 담당 20명

3. 오늘밤 디저트로 정켓*을 먹음.

4. 셰익스피어의 희곡에 관한 특별 논문을 쓰고 있음.

---

* junket. 우유, 설탕, 향신료 및 레닌으로 만드는 디저트.

5. 오늘 오후 루 맥마흔이 농구를 하다 미끄러져 넘어진 결과는

    가. 어깨 뼈 탈골

    나. 무릎 타박상

6. 내가 새로 산 모자의 장식은

    가. 푸른 벨벳 리본

    나. 푸른 깃털 두 개

    다. 붉은 방울 술 세 개

7. 지금은 밤 9시 30분임.

8. 안녕히 주무십시오.

_주디 올림

6월 2일

키다리 아저씨께

얼마나 기쁜 일이 생겼는지 짐작도 못하실 거예요.

맥브라이드 가족이 여름방학 때 애디론댁산맥의 별장으로 조대해 수셨어요! 숲 한가운데에 작고 예쁜 호수가 있는데 맥브라이드 가족이 그 근처 클럽의 회원이래요. 회원들은 각자 숲 속에 드문드문 떨어진 통나무집을 하나씩 소유하고 있어서, 호수에서 카누도 타고 오솔길을 따라 옆 야영지까지 오래도록

산책도 할 수 있대요. 클럽 회관에서는 일주일에 한 번씩 무도회를 열고요. 지미 맥브라이드도 대학 친구를 한 명 초대했다고 하니, 함께 춤출 남자 파트너들도 많겠어요.

저를 초대해 주시다니, 맥브라이드 부인은 정말 다정하시죠? 크리스마스에 댁에서 머물렀을 때 제가 마음에 드셨나 봐요.

편지가 짧은 걸 너그럽게 이해해 주세요. 이건 정식 편지가 아니라, 그냥 여름방학 계획을 알려드리는 거니까요.

_기분이 엄청 흐뭇한
아저씨의 주디 올림

6월 5일
키다리 아저씨께

방금 아저씨의 비서가 편지를 주셨어요. '스미스 씨는 주디 양이 맥브라이드 씨의 초대에 응하지 말고, 지난여름처럼 록윌로우 농장으로 가기를 바라신다'는 내용입니다.

왜요? 어째서요? 왜 그래야 하는데요, 아저씨?

아저씨가 모르셔서 그래요. 맥브라이드 부인께서 정말 진심으로 저를 초대하고 싶어 하세요. 제가 그 댁에 조금이라도 폐를 끼칠까 봐 그러세요? 아니에요. 하인이 적게 동행하기 때문에 오히려 샐리와 제가 도움이 많이 될 거래요. 제게는 집안일을 배울 좋은 기회고요. 샐리 같은 아이들은 쉽게 하는 일들인데도, 저는 고아원 살림밖에 몰라서 다 서투르잖아요.

캠프에 샐리 또래의 여자애가 없으니까 맥브라이드 부인은 저를 샐리의 말동무로 데려 가고 싶으신 거예요. 둘이 함께 책도 많이 읽을 계획이에요. 내년에 배울 영어와 사회 과목 서적도 모조리 읽고요. 교수님께서 올여름에 그 책들을 다 읽어 두면 큰 도움이 될 거라고 하셨거든요. 함께 책을 읽고 토론하면 기억하는 것도 훨씬 더 수월할 거예요.

샐리 어머니와 한 집에서 함께 지내는 것 자체가 교육이에요. 샐리 어머니는 세상에서 가장 흥미롭고 재미있고 다정하며 매력적인 여성이시거든요. 모르는 게 없으시죠. 리펫 원장님과 보낸 그 숱한 여름들에 비해, 이처럼 정반대의 기회가 제게 주어진 게 얼마나 행운일지 짐작하실 수 있잖아요. 저 때문에 숙소가 비좁을까 봐 걱정하실 필요도 없어요. 고무처럼 늘어나는 집이니까요. 손님이 많으면 숲속 여기저기 텐트를 치고 남자들을 내보내면 된대요. 하루 종일 실외에서 운동하며 건강하고 신나는 여름을 보낼 거예요. 지미 맥브라이드가 승마며 카누 노 젓기, 사격 등 제가 알아야 할 많은 것을 가르쳐 준댔어요. 난생 처음으로 경험하는 근사하고 즐겁고 근심걱정 없는 시간이 될 거예요. 여자아이라면 누구나 한 번쯤은 살면서 이런 시간을 보내는 것도 좋지 않을까요? 물론 아저씨 말씀을 따르겠지만, 그래도 제발, 제발 가게 해 주세요 아저씨. 제가 무언가를 이렇게 간절히 바란 적도 없잖아요.

이 편지를 쓰고 있는 사람은 미래의 위대한 작가 제루샤 애벗이 아니라 그저 평범한 소녀 주디라는 걸 생각해 주세요.

6월 9일

존 스미스 씨께

귀하의 7일자 편지는 잘 받았습니다. 비서를 통해 받은 지시 사항대로, 다음 주 금요일에 출발하여 록 윌로우 농장에서 여름을 보내겠습니다.

_언제나 아저씨의

제루샤 애벗(양) 배상

록 윌로우 농장에서

8월 3일

키다리 아저씨께

마지막 편지를 쓴 지 두 달이 다 되어 가네요. 잘한 일이 아니란 건 저도 알지만 올여름에는 아저씨가 그다지 좋지 않았거든요. 솔직하게 말씀드리는 거예요.

맥브라이드 가족의 초대를 포기해야 했을 때 제가 얼마나 실망했는지 아저씨는 짐작도 못하세요. 저는 언제든 당연히 후견인인 아저씨 뜻을 따랐을 거예요. 하지만 대체 왜 그러셨는지 도무지 이유를 모르겠어요. 그렇게 좋은 기회가 저에게 또 있을까요. 제가 아저씨고 아저씨가 주디였다면, 저는 이렇게 말했을 거예요. "잘됐구나 얘야. 어서 가서 즐거운 시간을 보내고 오렴. 새로운 사람들도 만나고 새로운 것들을 많이 배우렴. 앞으로 또 일 년 동안 열심히 공부해야 하니 야외 생활을 하면서 몸이 튼튼해지도록 푹 쉬고 오너라."

아뇨, 아저씨는 그러지 않으셨어요! 비서를 통해서 록 윌로우 농장으로 가라는 짤막한 메모만 보내셨죠.

제가 상심했던 건 아저씨의 명령에 인간미가 없었기 때문이에요. 아저씨를 생각하는 제 감정을 조금이라도 아셨다면, 비서가 타자로 친 편지가 아니라 손으로 직접 쓴 메모라도 가끔 보내셨겠죠. 아저씨가 저를 염려하고 있다는 힌트를 조금이라도 받았더라면, 저는 기꺼이 아저씨가 기뻐하실 수 있게 행동했을 거예요.

납상은 삶도 꾸지 말고, 그저 저만이 재미있고 길고 상세한 편지를 써서 보내야 한다는 의무 사항도 잘 알고 있습니다. 아저씨는 학교에 보내 주겠다는 약속을 잘 지키고 있는데, 저는 그러지 못하다고 생각하시겠지요?

하지만 아저씨, 이건 일방적으로 불리한 거래예요. 정말 그래요. 저는 사무치게 외로워요. 제가 좋아할 수 있는 유일한 사람이라곤 아저씨뿐인데, 아저씨는 그림자처럼 희미하거든요. 어쩌면 진짜 아저씨는 제 상상 속 아저씨와 전혀 닮지 않았을지도 몰라요. 그래도 제가 아파서 입원했을 때 아저씨가 딱 한 번 카드를 보내주셨죠. 요즘도 아저씨가 저를 잊으셨다는 생각이 들 때마다, 그 카드를 꺼내어 읽고 또 읽는답니다.

사실 오늘 하려던 말은 이런 게 아니고요, 바로 이런 거예요.

전 여전히 마음이 상해 있습니다. 왜냐하면 독단적이고 위압적이고 부당한데다 모습을 드러내지 않는 전능한 신과 같은 존재에게 이리저리 끌려다니는 것은 상당히 굴욕적이니까요. 하지만 아저씨처럼 꾸준히 친절과 배려를 베풀어 주시는 분이라면, 독단적이고 위압적이고 부당하며 모습을 나타내지 않는 신처럼 굴 권리가 있겠다 싶어졌습니다. 그래서 이젠 다 잊고 다시 즐겁게 지내려 합니다. 그래도 아직 샐리가 애디론댁산맥 별장에서의 즐거운 시간들을 적어서 보내는 편지를 받으면 기분이 별로 좋지 않아요!

어쨌든, 이제 그 일은 덮어두고 다시 시작할게요.

올여름에 글을 쓰고 또 썼어요. 단편 소설을 네 편이나 마무리해서 각각 다른 잡지사로 보냈어요. 제가 작가가 되기 위해 노력하고 있다는 거 아시겠지요? 저비 도련님이 비오는 날 놀

이방으로 쓰던 다락방 한 구석을 제 작업실로 정했어요. 지붕
창이 두 개나 있어서 시원한 바람이 솔솔 들어와요. 거기에 단
풍나무가 그늘을 만들어 주고, 나무의 구멍 속에 붉은다람쥐
가족들도 살아요.

　며칠 안에 좀 더 나은 편지로 농장의 따끈따끈한 새 소식들
을 전해드릴게요.

　비가 기다려집니다.

_아저씨의 한결같은

주디 올림

8월 10일

키다리 아저씨 귀하

　선생님, 저는 지금 목장 연못가에 있는 버드나무의 두 번째
가지에 올라앉아서 이 편지를 쓰고 있습니다. 나무 밑에서 개
구리가 개굴개굴 울고, 머리 위에서 매미가 노래하고, 작은 동
고비 두 마리는 나무를 위아래로 바삐 오르내립니다. 이 자리
에 한 시간째 앉아 있는데도 아주 편안합니다. 특히 쿠션 두 개
를 받쳤더니 훨씬 더 좋네요. 불후의 단편소설을 쓰리라 마음먹
고 펜과 종이를 가지고 올라왔는데, 여주인공 때문에 골치를 앓
고 있습니다. 제 바람대로 움직여 주지를 않아서요. 그래서 잠깐

그녀를 내버려두고 선생님께 편지를 씁니다. (하지만 큰 위안은 못 되네요. 제 바람대로 움직이지 않는 건 선생님도 마찬가지시니까요.)

그 끔찍한 뉴욕에 살고 계시는 아저씨께 햇살과 산들바람으로 가득한 이 아름다운 경치를 조금이라도 보내드리고 싶네요. 일주일 내내 비가 온 뒤 맑게 갠 시골은 천국 그 자체랍니다.

천국 이야기를 하니까 생각난 건데, 작년에 제가 말씀드렸던 켈로그 씨를 기억하세요? 사거리에 있는 작고 하얀 교회의 목사님이요. 글쎄, 그 가엾은 분이 지난겨울 폐렴으로 돌아가셨대요. 설교를 대여섯 번은 들었던 터라 그분의 종교관을 알고 있는데, 목사님은 처음에 가졌던 믿음을 마지막 순간까지 지키셨어요. 47년 동안이나 변함없이 하나의 신념을 지킨 사람이라면 연구대상으로 진열장에 모셔야 할 겁니다. 이제는 천상에서 금관을 쓰고 즐겁게 하프 연주를 하고 계시기를 바랍니다. 그분이라면 분명히 그러고 계실 거예요! 젊은 목사님이 새로 부임하셨는데, 신도들이 그다지 신뢰하지 않는 눈치예요. 특히 커밍스 집사님 쪽 사람들이 그래요. 아무래도 교회 내부에 큰 분열이 일어날 것 같은 분위기입니다. 이곳 사람들은 종교 개혁을 달가워하지 않나 봐요.

지난 주에 비 오는 내내 다락방에 틀어박혀서 책에 파묻혀 지냈어요. 주로 스티븐슨의 책들을 읽었어요. 그런데 알고 보니 스티븐슨 본인이 자신의 책에 나오는 인물들보다도 더 재미있는 사람이었어요. 자신을 주인공으로 책을 썼어도 틀림없이 잘 팔렸을걸요. 아버지가 유산으로 남긴 만 달러를 몽땅 털어 요트를 장만한 뒤 남태평양으로 항해를 떠났다니, 과연 스티븐슨답죠? 자신의 모험심을 실천하며 사는 모습이 말이에요. 만약 제가 아버지가 있어서 만 달러를 물려받았더라도 그랬을 거예요. 베일리마*를 생각만 해도 가슴이 설렙니다. 열대 지방에 가 보고 싶어요. 온 세상을 다 돌아보고 싶어요. 위대한 작가나 예술가, 배우나 극작가, 아니면 어떤 모습으로든 훌륭한 사람이 되어서 꼭 그렇게 할래요. 제게도 방랑벽이 있거든요. 지도를 보기만 해도 모자를 쓰고 우산을 집어 들고는 바로 떠나고 싶어진다니까요. "죽기 전에 남국의 종려나무와 사원을 보리라."

목요일 황혼녘,
현관 계단에 앉아

이번 편지에는 새로운 소식을 담기가 어렵네요! 요즘 주디는 무척 철학적이 되어서 일상의 소소한 사건들보다는 세상사를 사색하고 있거든요. 그래도 꼭 듣고 싶으시다면 알려드릴게요.

지난 목요일에 새끼 돼지 아홉 마리가 개울을 건너 달아났다

---

* Vailima. 스티븐슨이 말년에 남태평양 사모아 섬에 짓고 거처했던 저택 이름.

가 여덟 마리만 돌아왔어요. 괜한 의심을 하고 싶지는 않지만, 과부 다우드 부인 집에 전보다 돼지가 한 마리 는 것 같아요.

위버 씨가 헛간과 저장고를 밝은 호박색으로 칠했어요. 너무 보기 흉한데, 위버 씨는 오래갈 색이라고 만족스러워하시네요.

이번 주에 브루어 씨 댁에 손님이 왔어요. 오하이오에서 온 브루어 부인의 언니와 조카딸 두 명이에요.

로드아일랜드레드 종 닭 한 마리가 알을 열다섯 개 낳았는데 그 중에서 세 개만 병아리로 부화했어요. 뭐가 문제였는지 도통 모르겠어요. 아마 로드아일랜드레드 종이 그다지 좋은 품종

이 아닌가 봐요. 버프오핑턴 종이 조금 더 나은 것 같더라고요.

보니릭 사거리에 있는 우체국에 새로 온 직원이 보관 중이던 '자메이카 진저*'를 한 방울도 남김없이 다 마셔 버렸다가 들통났어요. 자그마치 7달러나 되는 분량이래요.

아이라 해치 할아버지는 류머티즘 때문에 더 이상 일을 못 하게 되셨어요. 그런데 수입이 괜찮을 때 저축을 한 푼도 하지 않아서 앞으로는 마을 사람들의 도움을 받으며 사셔야 한대요.

다음 주 토요일 저녁에 학교에서 아이스크림 파티를 열어

---

* ginger. 19세기 후반 미국에서 금주법을 피하려고 의약품으로 위장해 유통되던 술의 일종이다.

요. 가족 동반이에요.

우체국에서 25센트를 주고 모자를 하나 샀어요. 이게 저의 최근 모습이랍니다. 건초를 모으러 가고 있어요.

이제 너무 어두워져서 글씨가 안 보여요. 어차피 더 알려드릴 소식도 바닥났고요.

_안녕히 주무세요

주디 올림

금요일

안녕히 주무셨어요? 반가운 소식이 있어요! 뭘 것 같으세요? 록 윌로우에 누가 오고 있는지 아저씨는 절대 상상도 못 하실 걸요. 셈플 부인 앞으로 펜들턴 씨의 편지가 도착했어요. 버크셔 일대를 자동차로 여행하는 중인데 너무 피곤하니 조용한 이곳 농장에서 휴식을 취하고 싶다고, 아무 밤에나 불쑥 나타나도 묵을 방이 있느냐고 물으셨대요. 일주일이나 이주일, 어쩌면 삼주일쯤 머무실 거래요. 도착하자마자 이곳이 얼마나 편안한지 그분도 알게 될 거예요.

한바탕 대소동이 일어났죠! 온 집안을 청소하고 커튼은 모조리 다 빨았어요. 저는 오늘 아침에 마차를 타고 사거리로 나가서 현관에 깔 기름 먹인 천과 복도와 뒤쪽 계단을 칠할 갈색 페인트 두 통을 샀어요. 다우드 부인이 내일 와서 창문을 같이 닦아 주신대요. (워낙 급박한 때니까 새끼돼지에 관한 의심은 잠시 접어두려고요.) 저희가 이렇게 난리법석을 피우는 걸 보고 평소에는 집안이 깔끔하지 않다고 생각하실지도 모르겠네요. 아니에요! 셈플 부인은 부족한 점이 있으시긴 하지만, 단언컨대 집안 살림에는 타고난 고수십니다.

그분이 영락없는 남자분이신 거예요. 그렇죠, 아저씨? 문 앞에 오늘 나타날지 2주 후에나 나타날지, 아무런 기별이 없잖아요. 그러니 우리는 내내 가슴을 졸이며 지낼 수밖에 없고, 게다가 빨리 오시지 않으면 집청소를 새로 또 다시 해야 해요.

애머사이가 아래층에서 그로버가 끄는 사륜 짐마차를 준비해 두고 기다려요. 오늘은 저 혼자 몰 거랍니다. 늙은 그로버를 직접 보시면, 아저씨도 제 안전은 염려하지 않으실 거예요.

_가슴에 손을 얹고서⋯⋯ 안녕히!

주디 올림

늙은 그로버는
정말 안전하답니다.

추신. 마지막 말, 정말 근사하죠? 스티븐슨의 편지에서 따온 거예요.

토요일

오늘도 안녕히 주무셨어요? 어제 집배원 아저씨가 왔을 때 이 편지를 미처 봉해 두지 않아서 부치지 못했어요. 그래서 조금 더 씁니다. 우리는 매일 한 번, 12시 정각에 우편물을 받습니다. 시골 사람들에게 집배원의 방문은 즐거운 일이에요. 집배원은 편지만 배달하는 게 아니라 시내에서 필요한 물건도 대신 사다 주거든요. 심부름 값은 단돈 5센트예요. 어제는 제게 구두끈이랑 콜드크림 한 통(새 모자를 사서 쓰기 전에 햇볕에 얼굴이 타서 콧등이 다 벗겨졌어요)과 푸른색 윈저 타이 그리고 검정색 구두약을 10센트만 받고 사다 주었어요. 주문을 한꺼번에 많이 해서 특별히 싸게 해 주셨어요.

온갖 세상 소식도 알려줘요. 배달 구역에 일간지 구독자가 몇 있어서, 배달지까지 가면서 신문을 읽고 비구독자들에게 소식을 그대로 전해주는 거죠. 그러니 미국과 일본 간에 전쟁이 발발한다거나, 대통령이 암살되었다거나, 록펠러 씨가 존 그리어 고아원에 백만 달러를 기부한다면, 아저씨가 일부러 제게 편지로 써서 알려주지 않으셔도 돼요. 어차피 저도 알게 될 테니까요.

저비 도련님은 아직도 오실 기미가 안 보여요. 우리가 집을 얼마나 깨끗이 청소했는지, 그래서 모두들 집 안에 들어오기 전에 신발을 어찌나 말끔히 털어대는지 아저씨도 보셔야 해요.

저비 도련님이 얼른 오시면 좋겠어요. 대화할 누군가가 절실하거든요. 셈플 부인은, 음, 사실 좀 따분하세요. 그녀는 늘 똑같은 대화의 흐름에 새로운 생각이 끼어드는 걸 싫어하세요. 이곳 사람들의 공통된 이상한 특징이기도 해요. 그들의 세상은 오로지 이 언덕에만 한정되어 있어요. 넓은 세상 따위에는 전혀 관심이 없고요. 그런 점은 존 그리어 고아원과 아주 똑같아요. 그곳 원생들의 생각도 사방을 둘러싼 쇠울타리에 갇혀 있거든요. 그때는 제가 어리고 또 너무 바빠서 별로 개의치 않았어요. 제가 담당하는 아이들의 침대를 정돈하고 세수를 시킨 후에 학교에 가고, 학교에서 돌아오면 또다시 씻기고 양말을 꿰매고 프레디 퍼킨스의 바지를 수선해야 했어요. (그 애는 맨날 바지를 찢어먹었죠.) 공부는 그 사이사이에 틈틈이 하고요. 그러다 보면 어느덧 잠자리에 들 시간이에요. 사람들과의 교제가 부족하다는 생각 따위는 할 겨를이 없었어요. 그런데 대화가 풍성한 대학 생활을 2년 하니까, 이제는 대화가 몹시 그리워 견딜 수 없어요. 말이 통하는 누군가를 만나면 정말 반가울 거예요.

이제는 진짜로 편지를 다 쓴 것 같아요, 아저씨. 더 이상 생각나는 게 없네요. 다음 편지를 좀 더 길게 써 드릴게요.

_언제나 아저씨의

주디 올림

추신. 올해는 상추 농사가 잘 안 되었어요. 초여름에 너무 가물었거든요.

8월 25일

아저씨, 드디어 저비 도련님이 오셨어요. 얼마나 즐거운 시간을 보내고 있는지 모릅니다! 적어도 저는요. 그분도 그러신 것같고요. 이미 열흘 계셨는데 돌아갈 기색이 전혀 없으시거든요. 셈플 부인이 어찌나 그분을 떠받드는지 보는 제가 다 민망할 정도예요. 어릴 때도 이렇게 오냐오냐 응석을 다 받아 주었을텐데, 어떻게 이토록 훌륭한 어른으로 자랐는지 신기해요.

저비 도련님과 저는 종종 현관 밖이나 나무 아래에 작은 탁자를 놓고 식사를 합니다. 비가 오거나 날씨가 추우면 제일 근사한 방에서 하고요. 저비스 도련님이 식사 장소를 고르면 캐리가 탁자를 들고 총총걸음으로 따라와요. 캐리에게 너무 멀리까지 식사를 나르게 하거나 많이 성가시게 했다는 생각이 들면, 설탕 단지 아래에 1달러를 두시죠.

저비 도련님은 붙임성이 무척 좋으세요. 그분을 어쩌다가 한

번 보는 사람은 그 사실이 믿기지 않을 거예요. 첫 인상은 그야
말로 펜들턴 집안 사람이거든요. 그런데 실제로는 전혀 다르답
니다. 꾸밈없고 소탈하고 아주 다정해요. 남자를 이렇게 표현하
니까 좀 우습긴 한데, 사실인걸요. 저비 도련님은 농부들에게도
대단히 친절하세요. 그분이 '인간 대 인간'으로 동등하게 대하
니까 농부들도 곧바로 경계심을 풀었어요. 처음에는 다들 무척
미심쩍어 했죠. 옷차림을 싫어했거든요. 제 눈에도 그분 옷차림
은 참 대단해요. 니커보커스 반바지에 주름 잡은 재킷을 입거
나, 흰 플란넬 셔츠에 부풀린 모양의 승마 바지를 입는 식이죠.
저비 도련님이 새 옷을 입고 아래층으로 내려오실 때마다 셈플
부인은 자랑스러운 듯 환하게 웃으며 그분을 요모조모 살펴본
다음, 자리에 앉을 때 조심하라고 당부를 해요. 티끌이라도 묻
을까 봐 염려가 된다고요. 그때마다 저비 도련님이 이렇게 대
답해요.

"리지 아줌마, 이제 그만 좀 이래라 저래라 하세요. 저도 이
제 다 컸다구요."

그렇게 몸집이 크고 다리가 긴 남자가(아저씨만큼이나 다리
가 길어요) 셈플 부인의 무릎에 앉아 세수하는 모습을 상상하
면 웃음이 나요. 부인의 무릎을 보면 더요! 살이 많이 쪄서서
더 자그마해 보이시거든요. 그런데 저비 도련님 말로는 셈플
부인도 전에는 마르고 다부지고 재빨라서 자기보다 달리기가

더 빨랐대요.

그분과 함께 수많은 모험을 즐기고 있어요! 함께 시골길을 멀리까지 걷기도 하고, 깃털로 웃긴 모양의 작은 파리를 만들어서 낚시하는 법도 배웠어요. 소총 사격과 권총 사격도 배웠고요. 또 승마도 배웠는데, 늙은 그로버에게 팔팔한 기운이 남아 있어서 놀랐어요. 사흘간 그로버에게 귀리를 먹였더니, 송아지를 보고는 주춤했을 때 달아나느라고 저를 태운 채로 달렸다니까요.

수요일

월요일 오후에 저비 도련님과 스카이 힐에 올랐어요. 근방의 산이에요. 그리 높지 않아서 정상에 눈은 없지만, 꼭대기까지 오르면 제법 숨이 가쁩니다. 낮은 비탈은 나무 숲인데, 정상 부는 바위와 잡초로 뒤덮인 황무지였어요. 우리는 함께 일몰을 지켜본 후, 모닥불을 지피고 저녁을 준비했어요. 요리는 저비 도련님이 했어요. 캠핑을 자주 해서 저보다 잘할 거라더니 진짜 그랬어요. 그런 다음 달빛을 받으며 산에서 내려왔는데, 나무로 우거진 중간쯤 오니까 숲길이 아주 컴컴했어요. 그때 저비 도련님이 주머니에서 손전등을 꺼내 불빛을 비추며 걸었죠. 정말 재미있었어요! 저비 도련님은 시종일관 웃고 농담하고 재미있는 이야기를 해요. 제가 읽은 책들 말고 다른 책들도 잔뜩 읽으셨지 뭐예요. 아는 게 어찌나 많으신지 놀라울 따름이었어요.

오늘 아침엔 둘이서 멀리 산책을 갔다가 폭풍우를 만났어요. 옷이 흠뻑 젖어서 돌아왔지만 우리의 마음만은 젖지 않았답니다. 빗물을 뚝뚝 흘리며 부엌으로 들어설 때 셈플 부인의 표정을 아저씨도 보셨어야 했는데.

"아이고, 저비 도련님, 주디 양! 두 분 다 푹 젖었군요. 저런! 저런! 이를 어쩌나? 그 멋진 새 옷을 다 버렸네."

부인이 유별나게 수선을 떨어서 정말 웃겼어요. 누가 그 모습을 봤다면 우리가 열 살짜리 아이들이고 부인은 속상해 하는 엄마인 줄 알았을 거예요. 저는 그 벌로 차 마실 때 넣을 잼을 안 주시면 어쩌나 하고 잠시 걱정했답니다.

토요일

이 편지는 한참 전부터 쓰기 시작했지만 끝맺을 시간이 나지 않았어요.

스티븐슨의 이런 생각은 정말 근사해요!

세상엔 수많은 것들이 넘쳐나니
우리는 모두 왕처럼 행복해야 한다.

이건 사실이에요. 세상은 행복으로 넘쳐나고 사람들에게 골고루 돌아갈 만큼 충분해요. 우리는 다가오는 것을 맞이할 자세만 되어 있으면 돼요. 그 비결은 바로 유연한 마음가짐이에요. 특히 시골에서는 즐거운 일들이 정말 많아요. 누구네 땅이든 걸어 다닐 수 있고, 누구네 풍경이든 감상할 수 있고, 누구네 개울에서든 물장구를 칠 수 있어요. 마치 내 땅처럼 즐길 수 있어요. 세금 한 푼 안 내고요!

일요일 밤입니다. 열한 시쯤 되었어요. 평소 같으면 벌써 푹 잠들었을 시간인데, 저녁에 블랙커피를 마셔서인지 통 잠이 오지 않네요!

오늘 아침에 셈플 부인이 펜들턴 씨에게 이렇게 말했어요. 아주 또박또박 단호하게.

"11시까지 교회에 도착하려면 10시 15분에는 출발하세요."

"알았어요, 리지 아줌마. 마차나 준비해 두세요. 그런데 내가 채비가 덜 끝나면 기다리지 말고 먼저 출발하세요."

"기다릴 거예요."

"좋을 대로 하세요. 다만 말들을 너무 오래 세워 두진 말고요."

그런데 펜들턴 씨는 셈플 부인이 몸단장을 하는 동안, 캐리에게 점심 도시락을 준비 시키고 제게는 산책할 차림을 하라고 했지요. 그리고 우리는 뒷문으로 빠져나가 낚시를 갔어요.

그 일로 온 집안이 난리가 났어요. 록 윌로우 농장의 일요일 정찬은 2시인데 펜들턴 씨가 7시로 지시했고 (그분은 원하는 시간에 식사를 주문하세요. 꼭 식당 같다니까요) 그 바람에 캐리와 애머사이는 드라이브를 못 갔죠. 하지만 펜들턴 씨는 보호자 없이 둘만 드라이브를 가는 것은 품위 없는 일이니 오히려 잘된 일이라나요. 그저 저와 드라이브를 가기 위해 말이 필요했으면서요!

가엾은 셈플 부인은 일요일에 낚시를 하는 사람은 죽어서 펄펄 끓는 지옥에 떨어진다고 믿으세요! 펜들턴 씨가 어려서 꼼짝 못 하고 부인 뜻대로 따를 때 제대로 교육시키지 못한 것을 몹시 후회하시는 것 같았어요. 게다가 부인은 교회에 펜들턴 씨를 동행해서 사람들에게 자랑하고 싶어 하셨거든요.

어쨌든 우리는 낚시를 했고(그분은 작은 물고기 네 마리를 잡았어요) 물고기를 장작불에 구워 점심으로 먹었지요. 작대기에 꽂은 물고기가 자꾸 불 속으로 떨어지는 바람에 탄 맛이 좀 나긴 했지만 모조리 먹어치웠어요. 그 후 4시에 집으로 돌아왔고, 5시에 드라이브를 나갔고, 7시에 저녁을 먹은 후, 10시에 잠자리에 들어서 이렇게 아저씨께 편지를 쓰고 있어요.

이제 슬슬 잠이 밀려오네요.

안녕히 주무세요.

이게 제가 잡은 물고기예요.

어이, 이봐! 키다리 선장!

그만! 밧줄을 감아! 아하하, 럼주 한 병 가져와.

제가 뭘 읽고 있는지 짐작이 가시죠? 지난 이틀 동안 저비 도

런님과 저는 뱃사람과 해적의 말투로 대화하고 있어요. 《보물섬》은 정말 흥미진진해요. 아저씨도 읽어 보셨죠? 아, 아저씨가 어렸을 땐 그 책이 출간되기 전이었나요? 스티븐슨은 이 이야기의 연재료로 고작 30파운드 받았대요. 위대한 작가라고 돈을 많이 버는 건 아닌가 봐요. 차라리 학교 선생님이 될까 봐요.

스티븐슨 이야기만 쓰는 걸 용서하세요. 지금은 머릿속이 온통 스티븐슨 생각으로 가득하거든요. 록 윌로우의 서재에 읽을 거라곤 그 사람의 책뿐이어서요.

이 편지를 이주일째 쓰고 있어요. 이 정도면 꽤 긴 편지죠? 그러니까 편지가 자세히지 않다는 밀씀은 말아 수세요. 아저씨도 여기 계셨으면 얼마나 좋았을까요. 즐거운 시간을 함께했을 텐데요. 서로 모르는 제 친구들끼리도 다 같이 알고 지내면 좋겠어요. 펜들턴 씨에게 혹시 뉴욕에 계시니 아저씨를 아느냐고

묻고 싶었어요. 아무래도 아실 것 같거든요. 두 분 다 상류사회의 사교계에 속하시고 개혁 같은 일들에 관심을 보이시니까요. 하지만 묻지 못했죠. 제가 아저씨의 진짜 이름을 모르니까요.

아저씨 이름도 모르다니, 이렇게 바보 같은 일이 또 어디 있겠어요. 리펫 원장님이 아저씨가 별난 분이라고 귀띔해 주셨는데, 꼭 맞는 말이에요!

_애정을 담아

주디 올림

추신. 편지를 다시 읽어 보니, 온통 스티븐슨 이야기만 쓴 건 아니군요. 저비 도련님 이야기도 한두 군데 적었네요.

9월 10일
키다리 아저씨께

그분이 떠났어요. 남은 우리는 그분을 그리워하고 있습니다! 사람이든 장소든 생활 방식이든 일단 그것에 익숙해졌는데 갑자기 사라지면, 가슴을 에는 듯한 지독한 공허감이 남잖아요. 셈플 부인과의 대화가 간이 덜 된 음식 같아요.

2주 후에 개학을 하면, 다시 즐거운 마음으로 공부에 매진할 거예요. 올여름에 작품을 꽤 많이 썼어요. 단편이 여섯 편, 시는 일곱 편이나 되니까요. 잡지사에 보냈다가 모두 정중하고도 신속하게 되돌아왔어요. 괜찮아요. 좋은 연습한 셈치죠. 저비 도련님이 읽고 (반송 우편물을 그분이 들고 와서 숨길 수가 없었어요) 형편없는 작품들이라고 했어요. 제가 말하고자 하는 생각이 하나도 나타나 있지 않다고요. (저비 도련님은 진실을 얘기할 때는 예의를 차리지 않으세요.) 하지만 최근의 작품(대학 생활에 관한 단편)은 그리 나쁘지 않다면서 손수 타자를 쳐 주셔서, 저는 그 작품을 잡지사에 보냈어요. 이주일이나 지났는데, 아마도 계속 검토 중인가 봐요.

이곳 하늘을 보셔야 하는데! 묘한 오렌지색 빛이 온 세상을 뒤덮고 있어요. 폭풍우가 오려나 봐요.

'폭풍우'라고 적자마자 엄청나게 굵은 빗방울이 떨어지고 덧문들이 일제히 덜컹거리길래, 얼른 달려가서 창문을 닫았어요. 캐리는 우유 냄비를 한 아름 안고 다락방으로 서둘러 올라가 비가 새는 지붕 아래에 놓았고요. 다시 펜을 잡으려는데, 갑자기 과수원 나무 아래에 쿠션과 담요와 모자와 매튜 아놀드의 시집을 두고 온 것이 생각나지 뭐예요. 황급히 뛰어갔지만 이미 몽땅 젖은 후였어요. 시집 표지의 붉은색 물이 안쪽까지 번져버렸어요. 앞으로는《도버 해협》에 분홍 파도가 부서질 거예요.

시골에서는 폭풍우가 왔다 하면 한바탕 소동이 벌어져요. 집 밖에 내놓은 것들이 비에 젖어 몽땅 못쓰게 되지 않도록 늘 신경 써야 하거든요.

목요일

아저씨! 아저씨! 무슨 일이 있었는지 아세요? 방금 우체부가 편지를 두 통 가져왔어요.

첫 번째. 제 소설이 채택되었대요. 고료는 50달러.

그렇다면! 전 이제 작가예요.

두 번째. 대학교 총무과에서 보낸 편지였어요. 제가 2년 동안 기숙사비와 수업료에 해당하는 장학금을 받게 되었다는 거예요. 어느 졸업생이 설립한 장학금으로 '영어 성적이 특출나며 기타 과목 성적도 전반적으로 우수한 학생'에게 주는 거래요. 그걸 제가 받아요! 이곳에 오기 전에 장학금을 신청하긴 했지만 신입생 때 수학과 라틴어 성적이 좋지 않았으니까 저는 못 탈 줄 알았어요. 하지만 제가 해냈어요. 기뻐서 까무러칠 것만 같아요. 아저씨. 이젠 아저씨의 짐을 덜어드릴 수 있어요. 앞으로는 매달 주시는 용돈만으로도 충분할 것 같아요. 글을 쓰거나 가정교사 같은 일을 구하면 돈을 벌 수 있을 테니까요.

어서 빨리 학교로 돌아가고 싶어요. 얼른 다시 공부를 시작하고 싶어요.

_아저씨의 영원한, 제루샤 애벗 올림

⟨대학교 2학년생이 우승했을 때⟩의 작가.

전국 신문 가판대에서 10센트에 판매 중!

9월 26일

키다리 아저씨께

학교로 돌아왔어요. 한 학년 더 올라갔고요. 올해 우리의 기숙사 공부방은 예전 것보다 훨씬 좋아요. 남향으로 큰 창문이 두 개가 나 있고, 와! 가구도 다 갖춰져 있어요. 줄리아가 이틀 먼저 도착해서는, 자신의 무제한 용돈으로 방 꾸미기에 열을 올렸거든요.

우리는 벽지를 새로 바르고 동양풍의 양탄자를 깔고 마호가니 의자도 들여놓았어요. 작년에는 마호가니 색으로 칠한 의자로도 만족했는데 이번에 산 건 진짜 마호가니예요. 무척 멋져요. 그런데 왠지 제가 있을 곳이 아닌 것도 같아요. 실수로 엉뚱한 곳에 잉크라도 흘릴까 봐 늘 조마조마하거든요.

그리고 이지씨가 보내신, 아니 잘못 말했네요, 그러니까 아저씨의 비서가 보낸 편지를 받았습니다.

부디 제가 장학금을 받으면 안 되는 납득할 만한 이유를 말씀해 주시겠어요? 반대하시는 이유를 도무지 모르겠어요. 하지만 아저씨가 아무리 반대하셔도 이제 소용 없어요. 왜냐하면 저는 이미 장학금을 받았고 결심을 바꾸지 않을 거니까요! 건방지다고 여기실지 모르겠지만, 그런 의도가 아닙니다.

아저씨가 저를 교육시키기로 결정하셨을 때, 제가 학업을 마칠 때까지 뒷바라지하고 마지막에 학위 같은 것을 받는 것으로 멋지게 마무리 지을 생각이셨을 거예요.

하지만 잠시만이라도 제 입장에서 생각해 주세요. 오롯이 아저씨의 지원금으로 공부할 수도 있겠지만, 그렇게 신세를 많이 지고 싶지 않아요. 제가 돈을 갚길 바라지 않으신다는 것도 알고 있어요. 그럼에도 불구하고 저는 제가 할 수 있는 한 갚고 싶어요. 장학금을 받으면 그 일이 훨씬 수월해져요. 앞으로 남은 평생을 고스란히 빚 갚는 데 쓸 줄 알았는데, 이제는 평생의 반만 그렇게 하면 되잖아요.

제 입장을 이해해 주시고 언짢게 생각지 않으셨으면 해요. 용돈만은 감사히 받겠습니다. 줄리아와 그 애가 사들인 가구에 뒤지지 않으려면 용돈이 꼭 필요하니까요! 줄리아가 좀 더 소박한 취향을 가졌거나 룸메이트가 아니었다면 좋았을 텐데요.

편지라고 하기에는 좀 부족하네요. 원래는 많은 내용을 쓰려고 했는데 창문에 달 커튼 네 개와 칸막이 커튼 세 장을 감침질하고(아저씨가 바늘땀 길이를 보실 수 없어서 다행이에요), 청동 책상 및 집기들을 치약 가루로 닦고(엄청 힘들었어요), 손톱 가위로 사진을 걸 철끈을 자르고, 책 상자 네 개를 풀어서 정리하고, 트 렁크 두 개에 꽉 찬 옷들을 꺼내야 하고(제루샤 애벗이 옷을 트렁 크 두 개에 가득 가지고 있다는 게 믿어지지 않는 일이지만, 사실이 에요!) 그 중간중간에 오랜만에 재회한 쉰 명이나 되는 친구들을 맞이해야 하거든요.

개학일은 즐거워요!

안녕히 주무세요, 아저씨. 부디 아저씨의 병아리가 제힘으로 살아가려 한다고 서운해 하지 마세요. 아저씨의 병아리는 힘차 게 꼬꼬댁 울 줄도 알고 아름다운 깃털도 가진, 아주 기운찬 암 탉으로 자라나는 중이니까요. (다 아저씨 덕분이에요.)

_애정을 담아

주디 올림

9월 30일

아저씨께

아직도 장학금 타령이세요? 아저씨 같은 고집불통, 그러니까 말이 안 통하는 독불장군에 집요하기가 불독 같고 다른 사람의 입장은 눈곱만큼도 고려하지 않는 분은 처음이에요.

제가 모르는 사람의 도움은 받지 않았으면 좋겠다고요.

모르는 사람이라고요! 그럼 아저씨는 어떤 분이신가요?

제가 아저씨보다도 모르는 사람이 세상에 또 있나요? 길에서 마주쳐도 전 아저씨를 알아보지 못해요. 만일 아저씨가 분별 있고 현명한 분이라서 제게 아버지처럼 다정한 격려 편지라도 한 번 주셨더라면, 가끔 찾아와 제 머리를 쓰다듬어 주셨더라면, 이렇게 훌륭한 딸로 자란 걸 봐서 기쁘다고 말씀해 주셨더라면, 그랬더라면 아마도 저는 아저씨처럼 연세 있는 어른에게 이렇게 화내지 않고, 아저씨의 아주 작은 바람조차 딸로서 마땅히 고분고분 따르려 했을 거예요.

아저씨야말로 정말 모르는 사람이에요! 스미스 씨야말로 유리로 지은 집에 사시는 분이세요.*

게다가 장학금은 자선이 아니에요. 상이죠. 제가 공부를 열심히 해서 타냈잖아요. 영어 과목에 뛰어난 학생이 없었다면 장학회는 누구에게도 장학금을 주지 않았을 거예요. 실제로 아예 장학금을 주지 않은 해도 많았대요. 또…… 하긴 남자분과 말다툼을 해 봤자 무슨 소용이 있겠어요? 스미스 씨는 논리 감각이 결여된 성별에 속하니까요. 남자가 동의하게 만드는 방법은 딱 두 가지 뿐이지요. 잘 구슬리거나 딱딱하게 굴거나. 저는

---

* 'People who live in glass house shouldn't throw stones(유리집에 사는 사람은 돌을 던지면 안 된다).' 유리집 안에서 타인에게 돌을 던지면 유리가 깨져 결국 자기 집도 무너지듯, 제 약점이 훤히 들여다보이는 사람은 남을 쉽게 비난하면 안 된다는 뜻의 속담이다. 우리 속담 '똥 묻은 개가 겨 묻은 개 나무란다'와 유사하다.

바라는 걸 얻으려고 사람을 구슬리는 걸 경멸하니까, 딱딱하게 굴 수밖에 없어요.

이사님, 다시 말씀드리지만, 저는 장학금을 포기하지 않을 겁니다. 이사님께서 이 일을 계속 문제 삼으신다면, 앞으로 용돈도 받지 않겠습니다. 멍청한 신입생들을 개인 지도하다가 지쳐 신경쇠약에나 걸리렵니다.

이것이 제 최후통첩입니다!

그러니 제 말 좀 들어주세요. 제가 오죽하면 이런 생각까지 하겠어요. 제가 이 장학금을 받아서 다른 누군가가 교육 기회를 잃을까봐 걱정하시는 거라면, 제게 좋은 생각이 있어요. 저에게 쓰려던 돈을 존 그리어 고아원의 다른 여자 원생의 교육비로 주세요. 정말 기발한 방법이죠? 다만 어떤 아이를 선택해서 교육시키든, 저보다 더 많이 예뻐하지는 말아 주세요.

편지에 적힌 제안들을 제가 수용하지 않아서 아저씨의 비서가 상심하지는 않으실 줄로 믿어요. 만약 그러셔도 어쩔 도리가 없고요. 아저씨의 비서는 제멋대로인 아이 같아요. 지금까지 제가 그분의 변덕을 순순히 받아 주었지만, 이번만큼은 절대로 받아 주지 않을 겁니다.

_영원히 돌이킬 수 없도록 마음을 단단하게 먹은

아저씨의 제루샤 애벗 올림

11월 9일

키다리 아저씨께

오늘은 시내로 나가서 검정 구두약 한 병, 옷깃 몇 개와 새 블라우스를 만들 옷감, 제비꽃 크림 한 통, 카스티야 비누*를 사려고 했어요. (전부 다 꼭 필요한 것들이에요. 저는 이것들 없이는 한시도 편하게 지낼 수가 없거든요.) 그런데 차비를 내려는 순간, 지갑을 다른 외투에 넣어 놓고 안 가져왔다는 걸 알았죠. 하는 수 없이 내려서 다음 전차를 타야 했고, 그 덕분에 체육시간에도 늦었지 뭐예요.

기억력도 나쁜 주제에 외투가 두 벌이나 있으니, 이런 끔찍한 일이 일어날 수밖에요!

줄리아 펜들턴이 크리스마스 방학을 자기 집에서 보내자며 저를 초대했어요. 어떻게 생각하세요, 스미스 씨? 존 그리어 고아원 출신의 제루샤 애벗이 부잣집 식탁에 앉은 모습을요. 줄리아가 왜 저를 초대하는지 모르겠어요. 그 애가 요즘 들어 부쩍 저와 친하게 지내려고 해요. 솔직히 말씀드리면, 저는 샐리네 집에 가고 싶은데 줄리아가 먼저 초대했기 때문에, 연말에 제가 어디를 간다면 우스터가 아닌 뉴욕이 되겠죠. 펜들턴 일가를 한꺼번에 만난다고 생각하니까 벌써부터 조금 두려운 마

---

* 올리브유와 수산화나트륨(가성 소다)으로 만든 비누

음이 들어요. 새 옷도 몇 벌 장만해야겠죠. 그러니 아저씨께서 학교에 조용히 남아 있는 게 좋겠다고 하시면, 저는 여느 때처럼 고분고분하게 아저씨의 뜻에 따르겠습니다.

요즘《토마스 헉슬리의 생애와 편지》에 푹 빠져 있어요. 틈날 때마다 가볍게 읽기에 좋은 책이에요. 아르카이오프테릭스*가 뭔지 아세요? 일종의 새랍니다. 스테레오그나투스**는요? 저도 확실히는 모르겠고 이빨이 있는 새, 아니면 날개를 가진 도마뱀 같은 단절고리***인가 봐요. 아, 아니, 그런 게 아니네요. 방금 책에서 찾아봤는데, 중생대의 포유동물이래요.

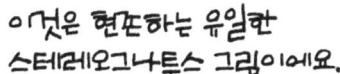

이것은 현존하는 유일한 스테레오그나투스 그림이에요.

머리는 뱀같고,
귀는 개 같고,
발은 소 같고,
꼬리는 도마뱀 같고,
날개는 백조 같아요.

그리고 온 몸을 뒤덮고 있는 털은 새끼 고양이의 털처럼 보드랍지요.

---

* archaeopteryx. 시조새. 1억 5천만 년 전에 존재했다고 여겨진다..

** stereognathus

*** missing link. 진화상 존재했으리라 추측되지만 화석이 발견되지 않은 생물.

3학년에는 경제학을 선택했어요. 다방면으로 유익한 학문이죠. 경제학을 끝내면 '자선과 개혁' 과목을 듣겠어요. 그 과목을 수강하면 고아원 경영에 훤해지겠죠. 제게 선거권이 있다면 바람직한 유권자가 될 것 같지 않으세요? 지난주에 저는 스물한 살이 되었답니다. 저처럼 정직하고 교양 있고 양심적이며 지성을 갖춘 시민을 내팽개치다니 이 나라에 얼마나 큰 손해인가요.

_언제나 아저씨의

주디 올림

12월 7일
키다리 아저씨께

줄리아네 집에 가도록 허락해 주셔서 고맙습니다. 별 말씀이 없으시니 허락하신 걸로 여길게요.

그간 사교적인 모임이 어찌나 많았던지요! 지난주엔 개교 기념 무도회가 있었어요. 상급생만 참가 자격이 있는 무도회라서 저희는 올해 처음 참가했어요.

저는 지미 맥브라이드를 초대했고 샐리는 지미의 룸메이트를 초대했어요. 지난여름 샐리네 별장에 왔던 사람으로, 빨강머리에 무척 잘생겼어요. 줄리아는 뉴욕에 사는 어떤 남자를 초대했는데 위트는 없지만 사교적으로는 흠잡을 데 없더군요. 드라 메이터 치체스터 가문과 가까운 집안 사람이래요. 아저씨는 관심이 있으세요? 저에겐 아무 의미 없는 말이에요.

우리 손님들은 금요일 오후에 4학년생 기숙사 복도에서 열린 티 파티에 제 시간에 도착했고, 파티가 끝나자 저녁 식사를 하러 호텔로 급히 갔어요. 그들 말로는 호텔이 만원이라, 당구대 위에서 한 줄로 잤다고 해요. 지미 맥브라이드는 다음번에는 우리 학교 사교 행사에 올 때 애디론댁산에서 쓰던 텐트를 가져 와 교정에 치겠다고 했어요.

7시 반에 손님들이 돌아오자, 총장님의 환영사와 함께 무도회가 시작되었어요. 저희가 미리 알파벳 카드를 만들어 두었죠! 춤이 끝날 때마다 남자들이 자기 이름의 머리글자가 써진 푯말 아래로 가서 다음 춤출 상대를 기다리는 거예요. 예를 들어 지미 맥브라이드는 'M' 푯말 아래에서 차분히 상대를 기다려야 해요. (하지만 지미는 계속 이리저리 돌아다니며 R이나 S나 기타 다양한 푯말들 아래의 사람들과 마구 뒤섞였어요.) 지미는 정말 감당하기 힘든 손님이었어요. 저와 춤을 세 번밖에 추지 못했다고 투덜거렸어요. 처음 보는 여학생들과 춤추는 게 어색하다나요!

다음 날 아침에는 합창단 공연이 있었어요. 이 공연을 위해 만든 새 노래의 노랫말을 누가 썼을까요? 맞아요. 바로 저예요. 오, 아저씨, 아저씨가 구제해 준 작은 고아가 점점 유명인사가 되고 있답니다!

정말이지, 이틀간 대단히 재미있었어요. 초대 손님들도 즐거웠던 것 같고요. 처음에는 천 명이나 되는 여학생들과 마주할 생각에 당황하는 남자들도 있었지만, 눈 깜짝할 사이에 분위기에 적응하더군요. 우리의 두 프린스턴 대학생들도 매우 즐거운 시간을 보냈다고 했어요. 예의상 한 말일지도 모르죠. 어쨌든 그들은 우리를 내년 프린스턴 대학의 무도회에 초대했고, 우리는 수락했어요. 아무쪼록 반대하지 말아 주세요.

줄리아도 샐리도 저도 새 드레스를 입었어요. 드레스 이야기를 해 볼까요? 줄리아의 드레스는 크림색 공단에 금실로 수를 놓고 보랏빛 난초로 장식을 했어요. 정말 꿈결처럼 아름다운데, 백만 달러나 들여 파리에서 주문한 거래요.

샐리의 드레스는 페르시아 자수를 놓은 하늘색 드레스로 빨간 머리와 무척 잘 어울렸어요. 비록 백만 달러는 들지 않았지만, 줄리아의 옷만큼이나 눈에 띄게 아름다웠답니다.

제가 입은 드레스는 연분홍색 크레이프 천에 베이지색 레이스와 장밋빛 공단으로 장식되었어요. 거기에 지미 맥브라이드가 선물한 진홍빛 장미를 달았어요. (어떤 색이 어울릴지 샐리가 지미에게 미리 일러 주었대요.) 우리 셋은 모두 실크 스타킹에 비단 신발을 신고 옷 색깔에 어울리는 쉬폰 스카프를 둘렀어요.

여자들의 드레스에 대해 이렇게나 시시콜콜 설명을 듣다니, 매우 깊은 인상을 받으셨을 테죠!

쉬폰이니 베네치안 레이스니 뜨개 레이스니 아일랜드 레이스니 하는 단어들을 의미 없는 말들로 치부해 버리니까, 남자들의 삶이 무미건조한 거예요. 반면에 여자들은 기본적으로 (아기든 미생물이든 남편이든 시든 카드놀이든 원예든 플라톤이든, 관심사가 제각각이어도) 옷에 항상 관심을 기울인답니다.

전 세계 인류를 하나로 만드는 것은 바로 이런 자연스러운 감정이지요. (제가 생각해 낸 말이 아니에요. 셰익스피어의 어느 희곡에서 인용한 것입니다.)

그건 그렇고 하던 이야기로 다시 돌아갈게요. 최근에 발견한 비밀을 하나 알려드릴까요? 절 허영덩어리로 여기지 않겠다고 약속해 주세요. 그러면 말씀드릴게요. 바로 이거예요.

전 예쁘답니다.

정말이에요. 방에 거울이 세 개나 있는데도 그 사실을 모른다면 전 정말 바보멍청이에요.

_한 친구로부터

추신. 이 편지는 소설에서 흔히 볼 수 있는 짓궂은 익명의 편지입니다.

12월 20일

키다리 아저씨께

시간이 얼마 없어요. 수업이 두 과목이나 남은 데다가, 트렁크와 옷가방에 짐을 꾸려 4시 기차를 타야 해요. 하지만 보내주신 크리스마스 선물에 대해 감사를 표하지 않고 떠날 수는 없어요.

모피도 목걸이도 리버티 스카프도 장갑도 손수건도 책도 지갑도 모두모두 사랑하지만, 제가 가장 사랑하는 건 바로 아저씨예요! 하지만 아저씨, 제 버릇을 망치시면 안 돼요. 저는 한낱 인간, 그것도 젊은 아가씨란 말이에요. 이렇게 화려한 물건들로 제 마음을 흔드시면, 제가 어떻게 학업에만 매진할 수 있겠어요?

존 그리어 고아원의 후원자님들 중에서 해마다 크리스마스 트리를, 일요일마다 아이스크림을 보내주신 분이 누구였는지 알겠어요. 익명이었지만, 이제는 확실히 알아요! 아저씨는 좋은 일을 많이 하시니까 꼭 행복해지실 거예요.

안녕히 계세요. 그리고 즐거운 크리스마스를 보내세요.

_아저씨의 영원한

주디 올림

추신. 약소하지만 저도 선물을 하나 보내드립니다. 아저씨는 주디를 만나고 나서도 주디를 계속 좋아해 주실 건가요?

162

1월 11일

이곳에서 지내는 내내 편지를 쓰려고 했는데, 뉴욕은 정말이지 사람의 마음을 홀딱 빼앗아 버리는 곳이네요.

많은 것을 배우는 굉장한 시간을 보냈습니다. 하지만 한편으로는 제가 그런 집안 사람이 아니라서 다행이다 싶어요! 차라리 존 그리어 고아원 출신인 것이 훨씬 더 나아요. 제 성장 과정은 결점이 많지만 최소한 가식은 없었어요. 물질에 짓눌린다는 말의 의미를 이제야 알겠어요. 그 집안의 물질적인 분위기에 압도되어 돌아오는 급행열차에 오를 때까지 숨도 한 번 제대로 못 쉬었어요. 가구는 모두 조각품이고 장식이 호화롭기 그지없었어요. 거기서 만난 사람들은 다들 아름다운 옷을 입고 나지막한 목소리로 대화하는 상류층이었고요. 그러나 그 집에 도착해서 떠날 때까지 진심이 담긴 대화는 단 한 마디도 듣지 못했어요. 생각이란 것은 그 집 현관으로 들어간 적이 한 번도 없는 것 같아요.

펜들턴 부인은 보석과 양장점과 사교모임 일정 같은 것 외에는 아무 것도 생각하지 않는 것 같았어요. 맥브라이드 부인과는 어쩜 그렇게 다른 어머니의 모습일까요! 저는 결혼해서 가정을 가지면 맥브라이드네처럼 가정을 꾸릴래요. 세상의 돈을 모두 준대도 제 아이를 펜들턴 집안처럼 키우고 싶지 않아요. 저를 초대해 준 분들을 험담하는 건 예의에 어긋나죠? 부디 용서해 주세요. 이건 아저씨와 저만의 비밀 이야기에요.

저비 도련님은 티타임 때 단 한 번 마주쳤고, 그 때도 단 둘이 이야기를 나눌 기회가 없었어요. 정말 실망이 컸죠. 지난여름에 그토록 즐거운 시간을 함께한 후로 첫만남이잖아요. 그분은 친척들을 별로 좋아하지 않는 것 같았어요. 친척들도 그분을 별로 좋아하지 않긴 마찬가지였고요! 줄리아의 어머니는 그분이 정신적으로 문제가 있고 사회주의자라고 했어요. 장발이나 빨간 넥타이를 하지 않는 게 그나마 다행이라나요. 대대로 온 집안이 영국국교회 신자인데 대체 어디서 그런 별난 사상을 주워들었는지 모르겠다고, 왜 요트나 자동차나 폴로 경기용 말처럼 그럴 듯한 것에 돈을 쓰지 않고 개혁이니 뭐니 하는 미친 짓에 돈을 쏟아 붓는지 모르겠다고도 했어요. 하지만 그분은 사탕 구입에도 돈을 쓰세요! 줄리아와 저에게 크리스마스 선물로 한 상자씩 보내 주셨거든요.

아저씨, 저도 사회주의자가 되려고 해요. 그래도 상관 없으시죠? 사회주의자는 무정부주의자와 전혀 달라요. 사람들을 폭탄으로 날려버리려는 생각 따위는 하지 않거든요. 어쩌면 저는 사회주의자가 될 운명일 거예요. 제가 바로 무산계급이잖아요. 하지만 어떤 사상을 가진 사람이 될지 확실히 결정한 건 아니에요. 일요일에 더 곰곰이 생각해 보고 다음 편지에서 제 결심을 분명히 밝히겠습니다.

뉴욕에서 아름다운 극장과 호텔과 저택들을 많이 보았더니, 아직까지도 오닉스며 금박이며 모자이크 바닥이며 종려나무 따위의 것들로 머릿속이 혼란스러워요. 학교로 돌아와 다시 책을 볼 수 있어서 마음이 한결 편합니다. 저는 그야말로 뼛속까지 학생인가 봐요. 뉴욕보다 이곳의 학구적인 평온함 속에서 더 기운이 나요. 대학 생활은 아주 만족스러운 삶의 형태예요. 책과 공부와 규칙적인 수업이 정신을 깨어 있게 하죠. 머리가 피곤해지면 체육관이나 야외로 나가서 운동을 하고요. 무엇보다도 나와 생각이 똑같고 마음이 맞는 친구들이 가득해요. 우리는 저녁 내내 아무 일도 하지 않고 수다를 떨고 또 떨다가 마치 세상의 절박한 문제들을 다 해결해낸 것처럼 의기양양해져서 잠자리에 들지요. 그리고 틈만 나면 순간순간 생기는 사소한 것들에 대해 엉뚱하고 실없는 농담을 던지는데, 그게 얼마나 기발한지 몰라요. 우리는 우리의 위트에 스스로 감탄하고 있답니다!

엄청나게 커다란 기쁨만 중요한 게 아녜요. 작은 것에서부터 큰 기쁨을 끌어내는 것, 그게 바로 행복의 참된 비결이고, 그러려면 바로 현재를 살아야 해요! 시난 일을 영원히 후회하거나 다가올 미래를 걱정하며 시간을 낭비하는 것이 아니라 바로 지금 이 순간을 최대한으로 사는 거예요. 농사 짓듯이요. 농사에는 조방농법*과 집약농법**이 있어요. 저는 집약농법처럼,

매 순간을 즐기며 살아갈 거예요. 또 매 순간을 즐기는 내 자신을 지각할 거예요. 사람들은 대부분 살아가는 게 아니라, 경주를 해요. 오직 저 멀리 지평선에 놓여 있는 결승점에 도달하려고 안간힘으로 달리는 거예요. 그렇게 한참 달리다 보면 숨이 턱까지 차서 헐떡거리게 되고, 그러면 아름답고 평화로운 전원 속을 지나오면서도 그 풍경을 다 놓치고 말아요. 결승점에 이르러서야 깨닫죠. 자신들이 늙고 지쳐버렸다는 것을, 그리고 결승점에 도달하느냐 마냐는 중요하지 않았다는 것을요. 저는 길가에 앉아 소소한 행복을 많이 쌓기로 했어요. 비록 제가 위대한 작가라는 결승점에 결국 이르지 못하더라도 말이에요. 제가 훌륭한 여성 철학자로 성장하고 있다는 걸 아셨나요?

_아저씨의 영원한

주디 올림

추신. 오늘 밤 비가 억수같이 쏟아져요. 방금 강아지 두 마리와 새끼 고양이 한 마리가 창턱에 내려앉았어요.***

---

* 조방농법은 넓은 경작지에서 작물을 얻는 방식이다.

** 집약농법은 단위 면적당 생산량을 최대로 끌어올리는 방식이다.

*** 'It rains cats and dogs. (비가 억수같이 쏟아진다)'라는 표현을 응용했다.

친애하는 동지께

만세! 저도 이제 페이비언*이에요.

페이비언이란 기꺼이 때가 올 때까지 기다리는 사회주의자예요. 우리는 사회 개혁을 하루아침에 이루려고 하지 않아요. 그런 급작스러움은 사회에 혼란만 줄 테니까요. 우리는 먼 장래에, 우리 모두 준비가 되어 충격을 견뎌낼 수 있을 때 매우 점진적으로 개혁이 일어나길 바란답니다.

그러는 동안 우리는 산업과 교육, 그리고 고아원 분야의 개혁을 실시하며 준비하고 있어야만 해요.

_동지애를 가지고

아저씨의 주디 올림

월요일 3교시

2월 11일

키다리 아저씨께

이번 편지가 너무 짧다고 언짢아 하지 마세요. 편지가 아니라, 이제 곧 시험이 끝나면 편지를 쓰겠다는 안내글이니까요. 그저 시험을 통과하는 게 아니라, 우수한 성적으로 통과하는

---

* Fabian. 영국의 점진적 사회주의 협회. 민주적 사회주의 국가 건설이 목표다.

게 중요하거든요. 장학금 수령자답게 말이죠.

_공부에 열중하고 있는

아저씨의 J.A. 올림

3월 5일

키다리 아저씨께

오늘 저녁에 카일러 총장님이 요즘 젊은 세대들의 경거망동에 대해 연설하셨어요. 요즘 대학생들은 성실히 노력하거나 진정한 학구열에 불탔던 예로부터의 정신을 잃어가고 있고, 이런 경향은 조직화된 권위에 대한 우리의 불손한 태도에서 두드러지게 눈에 띈다고요. 우리가 윗사람들에게 마땅히 가져야 할 경의마저 보이지 않고 있다는 거예요.

교회에서 나오며 아주 진지하게 생각해 보았어요.

제가 아저씨께 너무 버릇없이 굴었나요? 좀 더 예의를 갖추어 정중하게 아저씨를 대해야 할까요? 네, 그래야겠군요. 그럼 편지를 처음부터 다시 시작할게요.

친애하는 스미스 씨께

제가 학기말 시험을 우수한 성적으로 통과하고 지금은 새로운 과목들을 공부하기 시작했음을 전해드리니 아무쪼록 기뻐하시기 바랍니다. 정성 분석qualitative analysis 과정을 끝으로 화학 과목을 마무리하고, 생물학 연구를 시작했습니다. 지렁이와 개구리를 해부한다는 말에 이 과목 선택을 조금 망설이긴 했습니다.

지난 주 예배 시간에 남프랑스의 로마 유적에 관한 대단히 재미있고 유익한 강의를 들었습니다. 이 주제에 대해 이 정도로 명쾌한 설명을 들어 본 적이 없습니다.

영문학 강좌와 관련해서는 워즈워스William Wordsworth의 《틴턴 수도원Tintern Abbey》을 읽고 있습니다. 매우 잘 쓴 작품입니다. 자연을 사랑하는 작가의 생각이 어찌나 구체적으로 표현되어 있던지요! 셰리, 바이런, 키츠, 워즈워스 같은 시인들의 작품에 잘 드러나는 19세기 초의 낭만주의 경향이 고전주의보다 훨씬 더 제 마음을 끕니다. 시 이야기가 나왔으니 드리는 말씀인데, 테니슨의 '럭슬리 홀Locksley Hall'이라는 매력적인 작품을 읽어 보셨는지요?

요즘은 체육관에 빠지지 않고 꼬박꼬박 출석하고 있습니다. 학생감 제도라는 것이 생겨서 규칙을 따르지 않으면 매우 난처해지기 때문입니다. 체육관에 졸업생 선배들이 기부한 시멘트와 대리석으로 지은 아주 아름다운 수영장이 있습니다. 룸메이트인 맥브라이드 양이 (수영복이 줄어들어 더 이상 맞지 않는다며) 자신의 수영복을 제게 주었습니다. 수영을 배워볼 생각입니다.

어젯밤에는 디저트로 맛있는 분홍색 아이스크림을 먹었습니다. 발색에 오로지 식물성 색소만 썼다고 합니다. 학교 당국에서 미감과 건강이라는 두 가지 차원에서 아닐린 색소의 사용을 엄격히 금지하고 있습니다.

요즘 날씨가 환상적입니다. 화창한 날이 계속되고, 가끔 구름이 낄 때면 반가운 눈보라가 몰아칩니다. 저와 친구들은 수업을 들으러 기숙사와 교실 사이를 오가는 것을 좋아합니다. 특히 수업을 듣고 돌아올 때가 더 좋습니다.

_정중한 마음을 담아

제루샤 애벗 올림

4월 24일

아저씨께

또다시 봄이 왔어요! 교정이 얼마나 아름다운지 몰라요. 아저씨도 한 번 와서 보시면 참 좋을 텐데. 지난 금요일에 저비 도련님이 학교에 들르셨는데 시간을 참 잘못 고르셨어요. 하필 샐리와 줄리아와 제가 기차 시간에 맞춰 달려가고 있을 때 오셨지 뭐예요. 어디로 가고 있었냐고요? 프린스턴 대학의 무도회와 야구 경기에 초대받아 가던 길이었어요. 아저씨만 괜찮으시면요! 미리 여쭤보지 않았던 건 아저씨의 비서가 안 된다고 할 것 같아서였어요. 하지만 정식 절차를 제대로 거쳤어요. 학교에서 외출 허가를 받았고 맥브라이드 부인이 보호자로 동행해 주셨거든요. 정말 즐거운 시간을 보냈답니다. 하지만 자세한 내용은 생략할게요. 일일이 다 쓰기엔 너무 많은 일이 있었기에 머릿속이 복잡해서요.

토요일

날 샐라, 얼른 일어나렴! 야간 당직자가 그렇게 저희(모두 여섯 명)를 깨웠어요. 우리는 냄비에 커피를 끓이고(찌꺼기가 둥둥 떠다니는 커피는 본 적이 없으실 거예요!) 해돋이를 보러 윈트

리 힐 꼭대기까지 3킬로미터 이상을 걸었어요. 마지막 비탈에서는 거의 기다시피 했어요! 조금만 늦었어도 해님에게 질 뻔했네요. 아저씨는 우리가 너무 지친 나머지 입맛이 없어서 아침식사도 못했을 거라고 생각하시겠지요!

이런! 아저씨, 오늘은 계속 느낌표를 남발하고 있네요. 이 페이지는 온통 느낌표를 흩뿌려 놓은 것 같네요.

새 움이 돋는 나무, 운동장에 석탄재를 깔아 새로 만든 달리기 트랙, 내일 있을 생물학 시간의 엄청난 수업량, 호수에 띄운 새 카누, 캐서린 프렌디스의 폐렴 투병기, 총장님의 앙고라 고양이가 가출해서 이주일이나 퍼거슨관에서 살다가 기숙사 청소 담당자의 보고로 되찾은 사연, 저의 새 드레스 세 벌(흰색, 분홍색, 파란색 물방울무늬 드레스와 거기에 잘 어울리는 모자) 등의 이야기를 길게 늘어놓을 생각이었는데, 졸음이 밀려와서 안 되겠어

이 녀석이 총장님의 새끼 고양이예요.
이 그림을 보시면 과연 앙고라가 맞구나
하고 생각하실 거예요.

요. 늘 이 핑계를 대는 것 같지요? 그렇지만 여자대학이란 곳은 엄청나게 바쁜 곳이라서 하루가 끝날 때면 녹초가 되어 버린답니다! 특히 새벽부터 일어나서 하루를 시작한 날은 더 그래요.

5월 15일
키다리 아저씨께

전차에 탔을 때 다른 사람에게 시선을 주지 않고 앞만 똑바로 보고 있는 것은 예의바른 행동일까요, 아닐까요?

오늘 아주 멋진 벨벳 드레스 차림의 한 아름다운 숙녀가 전차에 탔는데, 무려 15분 동안이나 무표정하게 멜빵 광고판만 쳐다보고 있었어요. 자기만 중요한 인물이라는 듯 남들을 애써 거들떠보지 않는 행동이야말로 무례한 것 같아요. 게다가 그러면 많은 걸 놓쳐요. 그 숙녀분이 쓸데없이 광고판만 빤히 보는 사이, 저는 전차를 가득 메운 흥미로운 사람들을 관찰했거든요.

이 그림은 실 끝에 매달린 거미처럼 보이겠지만, 전혀 아니랍니다. 체육관 수영장에서 수영을 배우고 있는 제 모습이에요.

수영 강사가 제 허리띠 뒤에 달린 고리에 밧줄을 걸어서 천장 도르래에 연결했어요. 강사를 완전히 신뢰한다면 더할 나위 없이 훌륭한 방법이겠죠. 하지만 저는 강사가 밧줄을 느슨하게 하지나 않을까 불안해서 한 눈은 강사를 보고 다른 한 눈으

로만 수영을 하고 있어요. 이렇게 집중력이 흐트러진 상태니까 좀처럼 수영 실력이 늘지 않고 있어요.

요즘 날씨가 아주 변화무쌍해요. 편지를 쓰기 시작했을 땐 비가 왔는데 지금은 햇빛이 쨍쨍 비쳐요. 샐리와 함께 야외 테니스장에 갈 거예요. 굳이 체육관에 갈 필요가 없겠어요.

일주일 후

이 편지를 진즉 부쳤어야 했는데 그러지 못했어요. 편지가 제 날짜에 꼬박꼬박 오지 않아서 언짢으신 건 아니죠? 저는 아저씨께 편지를 쓰는 시간이 정말 좋아요. 제게도 근사한 가족이 있는 기분이 들거든요. 비밀 하나 알려드릴까요? 제가 편지를 쓰는 사람이 아저씨만 있는 게 아니에요. 두 명이 더 있어요! 올겨울에 저비 도련님으로부터 길게 잘 쓴 편지를 여러 통 받았어요. (줄리아가 필체를 알아보지 못하도록 겉봉은 타자기로

쳤어요.) 깜짝 놀라셨죠? 거의 매주 프린스턴에서 노란 편지지에 휘갈겨 쓴 편지도 와요. 저는 즉시 사무적인 답장을 보내고요. 이제 아시겠죠. 저도 다른 여자애들처럼 남자들에게 편지를 받는답니다.

졸업반 연극부원으로 뽑혔다고 말씀드렸나요? 연극부원은 정말 고르고 골라서 뽑아요. 천여 명의 학생 중에서 일흔다섯 명만 뽑거든요. 철저한 사회주의자인 제가 이 모임에 가입했다는 것에 대해 어떻게 생각하세요?

요즘 관심 있게 공부하는 사회학 분야가 있어요. 바로 (기대하시라!) '보호자가 없는 아동의 복지'에 관한 논문을 쓰고 있어요. 교수님이 여러 주제를 종이를 적어서 무작위로 나눠 주셨는데, 그 주제가 제게 떨어졌어요. 정말 놀라운 일이죠?(C'est drôle, ça n'est pas?)

저녁 식사 종이 울려요. 가는 길에 우체통에 편지를 넣을게요.

_ 사랑을 담아 J

6월 4일

아저씨께

요즘은 무척 바쁩니다. 열흘 후가 종강이고, 당장 내일부터는 시험이니까요. 공부할 것도 산더미고 꾸려야 할 짐도 산더미예요. 그런데 바깥 풍경이 너무나 아름다워서 안에만 있으려니 마음이 괴롭네요.

하지만 괜찮아요. 여름방학이 다가오고 있잖아요. 줄리아는 해외로 나갈 거래요. 이번이 벌써 네 번째 해외여행이래요. 아저씨, 돈이 균등하게 분배되지 않는 건 분명한 사실이에요. 샐리도 여느 때처럼 애디론댁산 별장에 가요. 저는 어디로 갈 것 같으세요? 아마 세 가지로 추측하시겠죠? 록 윌로우 농장이요? 아뇨. 샐리와 함께 애디론댁산으로 가냐고요? 틀렸어요. (다시는 그런 말은 꺼내지 않을 거예요. 작년에 실망한 걸로 충분해요.) 다른 건 생각나지 않으세요? 아저씨는 그다지 창의력이 풍부하지 않으시네요. 반대하지 않겠다고 약속해 주시면 말씀드릴게요. 아저씨의 비서에게도 제가 이미 결심을 굳혔음을 미리 알려드립니다.

올여름은 찰스 패터슨 부인의 바닷가 집에서 지낼 겁니다. 올가을 대학에 입학하는 따님의 가정교사로 일하기로 했거든요. 맥브라이드 집안을 통해 알게 된 분인데, 아주 매력적이세요. 작은 따님의 영어와 라틴어 공부도 봐줘야 하지만, 제 시간도 얼마간 낼 수 있고 한 달에 50달러나 벌어요! 엄청난 돈이지요? 먼저 제안을 받은 거예요. 저는 쑥스러워서 25달러 이상 달라는 말은 차마 꺼내지 못했을 거예요.

9월 첫 주에 매그놀리어(부인이 사는 곳이에요)의 일이 끝나니까, 아마 남은 3주일은 록 윌로우로 가서 보내려고 해요. 셈플 씨 부부와 다정한 동물들도 모두 다시 보고 싶어요.

제 계획이 어떤가요? 전 자립하고 있어요. 아저씨가 저를 스스로 서게 해 주신 덕분에 이젠 저 혼자 걸을 수 있을 것 같아요.

프린스턴 대학의 졸업식과 우리 시험이 딱 겹쳐버렸어요. 어떻게 이런 일이 생겼을까요. 샐리와 저는 그날 시간에 맞춰 가보려 했는데 영 불가능해졌죠, 뭐.

안녕히 계세요 아저씨. 즐거운 여름 보내시고 새로운 한 해를 대비하여 푹 쉬셔서 가을에 재충전되어 돌아오세요. (이건 아저씨가 저에게 쓰셔야 할 말이네요!) 아저씨가 여름에 뭘 하실지 어떻게 여가를 보내실지 도무지 알 수가 없네요. 아저씨가 지내시는 환경이 전혀 그려지지 않으니까요. 골프를 치시나요? 사냥은요? 승마는요? 아니면 그냥 햇볕을 쬐며 사색에 잠기시나요?

무엇을 하시든 즐거우시길 바랍니다. 주디를 잊지 마시고요.

6월 10일
아저씨께

이렇게 쓰기 힘든 편지는 처음이에요. 하지만 저는 이미 마음을 정했고, 결심을 되돌리는 일은 없을 겁니다. 유럽에 보내 주신다니 정말 다정하고 관대하세요. 사실 저도 잠깐 동안 들 떴어요. 하지만 흥분을 가라앉히고 차분히 생각해 보니, 사양하는 것이 옳아요. 아저씨가 주시려는 학비를 거절했던 제가 단지 놀러가려고 아저씨의 돈을 받는다면, 앞뒤가 맞지 않죠. 아저씨, 저를 너무 호사스러운 생활에 젖어들게 만들지 마세요. 사람은 가져 본 적이 없던 것은 아쉬워하지 않아요. 하지만 태어날 때부터 당연히 그/그녀(이런, 영어는 또다른 대명사가 꼭 더 필요해요)의 것이라고 생각했던 것이 없어지면 도저히 못 견디죠. 샐리, 줄리아와 함께 지내는 건 제 금욕적 정신에 크나큰 시련이에요. 걔들은 갓난아기 때부터 많은 것을 가졌잖아요. 그래서 행복을 당연한 것으로 여겨요. 자기들이 원하면 무엇이든 이 세상이 주어야 한다고 생각하는 것 같아요. 실제로 세상이 그런지도 모르겠어요. (그러니까, 어떤 경우에는 세상이 그것을 자신들의 빚으로 알고 갚아 주는 것 같다니까요.) 하지만 제게는 세상이 아무것도 빚진 게 없다고, 태어날 때부터 그 사실을 아주 분명히 했어요. 저는 세상에 외상을 요구할 권리가 없어요. 그래서 언젠가는 세상이 저의 요구를 거부하는 날이 올 거예요.

은유의 바다 한가운데서 허우적거리고 있는 것 같네요. 그래도 제 말의 의미를 잘 움켜잡으셨으리라 생각합니다. 어쨌든 저는 올여름에 가정교사를 하며 자립의 발판을 닦는 것만이 제가 할 수 있는 정당한 일이라고 생각합니다.

매그놀리어
나흘 후

바로 여기까지 썼을 때 어떤 일이 일어났게요? 하녀가 저비 도련님의 엽서를 가져왔어요. 그분도 올여름에 외국에 가신대요. 줄리아네 가족과 동행하는 게 아니라 혼자서요. 그래서 저는 아저씨도 제게 보호자 부인을 따라 해외 여행을 가라고 권유하셨다고 말했죠. 저비 도련님도 아저씨에 대해 아세요. 부모님이 돌아가시고 친절한 신사분이 저를 대학에 보내 주셨다는 정도로요. 존 그리어 고아원 이야기 등은 차마 말할 용기가 나지 않았어요. 그분은 아저씨가 제 후견인이고 아주 오래전부터 집안끼리 알고 지낸 친구분인 줄 아세요. 아저씨를 만난 적이 없다는 말은 하지 않았어요. 몹시 이상하게 생각할 테니까요.

어쨌든 그분도 제게 유럽에 가라고 했어요. 유럽 여행은 교육상 꼭 필요한 것이니 거절해선 안 된다고요. 뿐만 아니라 자신도 그 무렵 파리에 있으니까 때때로 보호자 부인의 눈을 피해 신기하고 이국적인 멋진 식당에서 함께 식사를 하자고도요.

아저씨, 정말 솔깃했어요. 하마터면 넘어갈 뻔했다니까요. 그분이 지나치게 강압적으로 말하지만 않았어도 완전히 넘어갔을 거예요. 차근차근 말하면 설득당할 수 있어도 강요하면 거부하게 돼요. 그분은 제가 분별없고 어리석고 비합리적이며 공상가에 바보천치에 고집불통인 어린애라고 했어요. (그분이 제게 퍼부은 모욕적인 형용사들 중 극히 일부일 뿐입니다. 나머지는 생각도 안 나네요.) 또 저더러 무엇이 자신에게 이로운지 알지도 못한다며 손윗사람들의 판단에 귀를 기울이라고 했어요. 말다툼 직전까지 갔어요. 싸운 거나 마찬가지예요!

어쨌거나, 저는 당장 짐가방을 싸서 이곳으로 와버렸죠. 아저씨에게 쓰던 편지를 끝마치기 전에 이 문제를 결정 짓고 싶었거든요. 이젠 재고의 여지 없이, 돌이킬 수 없이 마무리된 거죠. 저는 클리프 탑(패터슨 부인의 별장 이름이에요)에 짐을 풀었고 플로렌스(작은 따님)는 '제1장 명사의 격변화'와 씨름하고 있어요. 고생깨나 할 게 분명해요! 보기 드문 응석받이로 자라서, 공부법부터 가르쳐야 해요. 그 애는 이제껏 아이스크림 소다를 마시는 것보다 어려운 일에는 전혀 집중해 본 적이 없는 것 같아요.

우리는 해안 절벽 한 구석의 고즈넉한 곳을 공부방으로 사용하고 있어요. 패터슨 부인이 아이들을 집밖으로 데리고 나가길 원하셨어요. 그런데 눈앞에 펼쳐진 푸른 바다와 그 위를 항해하는 배들을 보고 있노라면 오히려 제가 정신을 집중하기가 어려워져요! 외국행 배에 타고 있는 상상 때문에요. 저는 라틴어 문법만 생각하기로 마음을 다잡아요.

a나 ab, absque, coram, cum, de, e나 ex, prae, pro, sine, tenus, in, subter, sub, super 같은 전치사는 탈격을 지배한다.

보세요, 아저씨. 저는 지금 눈앞의 유혹을 완강히 외면한 채 오로지 일에만 전념하고 있어요. 부디 언짢게 생각하지 마세요. 아저씨의 친절함에 감사할 줄 모르는 배은망덕한 아이라고 여기지도 말아 주세요. 언제나 감사하고 또 감사하고 있어요. 아저씨의 은혜를 갚는 유일한 방법은 매우 쓸모 있는 시민이 되는 것입니다. (여자도 시민일까요? 아무래도 그렇지 않은 것 같아요.) 매우 쓸모 있는 사람이 될게요. 아저씨가 "저 매우 쓸모 있는 사람을 내가 키워냈소"라고 말씀하실 수 있을 정도로요.

정말 기분 좋은 말이지요, 아저씨? 그런데, 오해 없이 들으세요. 가끔은요, 제가 전혀 훌륭한 사람이 될 수 없을 것 같아요. 장래를 계획하는 것은 재미있는 일이지만, 결국은 남들과 다르지 않은 그저 평범한 사람이 되고 말 가능성이 커요. 저는 장의사와 결혼해서 남편의 작업에 영감을 불어넣어 주는 걸로 끝나버릴지도 모르죠.

8월 19일

키다리 아저씨께

제 방 창밖으로 펼쳐진 경치가 정말 아름다워요. 바다 풍경이라고 해야겠지요. 사방이 온통 물과 바위뿐이니까요.

여름이 가고 있어요. 오전에는 두 돌머리 학생들에게 라틴어와 영어와 대수를 가르칩니다. 메리언이 대학교에 들어갈 수나 있을지, 입학한다 해도 끝까지 버텨낼 수 있을지 모르겠어요. 플로렌스는 전혀 가망이 없고요. 하지만 그 애는 어리고 예뻐요. 예쁘면 머리야 나쁘든 말든 괜찮지 않을까요? 하지만 그 애들과 대화하면 지루해져요. 용케 운좋게 비슷한 남편을 만나기를 바라야겠어요. 그런데 그것도 충분히 가능하죠. 그런 남자들도 넘쳐나니까요. 올여름 이곳에서만 해도 벌써 몇 명 보았어요.

오후에는 해안 절벽을 따라 산책하는데, 파도가 잔잔하면 수영도 한답니다. 바다 수영은 무척 쉬워요. 그동안의 수영 연습이 이렇게 빛을 발하네요!

파리에서 저비스 펜들턴 씨의 편지가 도착했어요. 내용이 짧고 간단해요. 자신의 조언을 따르지 않아서 아직도 화가 덜 풀리셨나 봐요. 그분이 때 맞춰 돌아오면 새 학기 시작 전에 록 윌로우에서 며칠 만날 수 있는데, 그때 제가 아주 상냥하고 다정하고 고분고분하게 대하면 다시 저를 좋게 보실까요?

샐리도 편지를 보냈어요. 9월에 2주쯤 놀러 오라고요. 아저씨의 허락을 받아야 할까요? 아직도 제 뜻대로 하기에는 좀 이른가요? 아뇨, 저는 그런 때가 왔다고 생각해요. 저도 이제 4학년입니다. 여름 내내 일했으니 건강을 위해 휴식을 취하고 싶어요. 애디론댁산도 보고 싶고 샐리도 그리워요. 샐리의 오빠도 보고 싶고요. 카누 타는 법을 가르쳐준다고 했거든요. 그리고 (이게 가장 큰 동기이긴 하지만) 저비 도련님이 록 윌로우에 왔을 때 제가 거기 없다는 걸 보여줄래요. 그분이 제게 이래라 저래라 할 수 없음을 보여줄래요. 아저씨 외엔 그 누구도 저에게 이래라 저래라 할 수 없어요. 그리고 아저씨도 항상 그러실 수 있는 건 아니에요! 저는 이제 숲으로 출발합니다.

9월 6일
맥브라이드 야영장에서, 키다리 아저씨께

아저씨의 편지가 제때 도착하지 않았어요. (이렇게 말할 수 있게 되어 기뻐요.) 아저씨의 지시에 따르게 하고 싶으시면, 적어도 2주 전에 비서 분에게 일러두셔야 할 거예요. 보시다시피 저는 벌써 닷새 전부터 여기에 와 있는걸요.

이곳의 숲은 정말 근사해요. 야영장도, 날씨도, 맥브라이드 가족도, 이 세상 모든 것이 그래요. 저는 무척 행복하답니다!

지미가 함께 카누를 타러 가자고 부르고 있네요. 안녕히 계세요. 말씀을 듣지 않아서 죄송해요. 하지만 아저씨는 왜 저를 잠시라도 놀게 놔두지 않으세요? 여름 내내 일했으니 2주일쯤은 놀아도 될 것 같은데요. 아저씨는 지독한 심술쟁이예요.

하지만, 그런 결점에도 불구하고 그래도 아저씨가 좋아요.

10월 3일

키다리 아저씨께

학교로 돌아왔습니다. 4학년이에요. 또 학교 월간지 편집장이기도 해요. 존 그리어 고아원의 원생이 불과 4년만에 이토록 지적인 여성이 되었다니, 정말 믿기 어려운 일이죠? 미국에서는 모든 일이 정말 빨리 이루어지네요!

아저씨는 이걸 어떻게 생각하세요? 저비 도련님이 록 윌로우 농장으로 보낸 편지가 이곳으로 전송되었어요. '유감스럽게도 그곳으로 갈 수가 없군요. 요트를 타러 오라는 친구들의 초청을 받아들였어요. 시골 경치를 즐기며 즐거운 여름을 보내길 바랍니다.' 이렇게 쓰여 있었고요.

줄리아가 말해줘서 제가 맥브라이드 가족과 함께 있는 줄 뻔히 알 텐데! 이런 계략은 여자들에게나 맞는 일이에요. 남자들은 이런 걸 감쪽같이 꾸며내지 못해요.

줄리아는 황홀할 정도로 아름다운 옷을 가방 가득 싸들고 왔어요. 무지갯빛 리버티 크레이프 천으로 만든 이브닝 가운은 천국의 천사들에게 어울릴 법한 옷이었어요. 저는 올해 장만한 제 옷들이 전례 없이(이런 말이 있나요?) 아름답다고 생각했어요. 양장점의 도움을 받아 패터슨 부인의 옷을 본뜬 것들이거든요. 그래서 부인의 옷과 완전히 똑같지는 않지만 완전히 만족하고 있었단 말이에요. 줄리아가 옷 가방을 열기 전까지는요. 그런데 지금은 어떻게 해서든 꼭 파리에 가고 싶어요!

아저씨, 여자로 태어나지 않아서 천만다행이라고 생각하지 않으세요? 우리 여자들이 옷 가지고 유난을 떠는 게 한심하다고 생각하시겠죠? 분명히 그런 면도 있어요. 하지만 그건 전적으로 남자들 탓이에요. 불필요한 장식을 경멸하고, 합리적이고 실용성을 강조한 디자인의 옷을 여성들에게 장려한 어느 교수의 이야기를 아세요? 그의 부인은 순종적이어서 남편의 말대로 '의복 개혁'을 받아들였지요. 그랬더니 무슨 일이 일어난 줄 아세요? 글쎄 그 교수는 합창단원과 눈이 맞아 달아나 버렸대요.

_아저씨의 영원한

주디 올림

추신. 저희 층 복도 청소를 담당하는 아주머니가 푸른색 체크무늬 깅엄 앞치마를 두르세요. 저는 갈색 앞치마를 사 드리고, 푸른색 앞치마는 호수 밑바닥에 처넣어 버리고 싶어요. 그걸 볼 때마다 옛날 생각이 나서 등골이 오싹하고 소름이 돋아서요.

11월 17일

키다리 아저씨께

저의 문학 인생에 먹구름이 드리워졌어요. 아저씨께 말씀드릴지 말지 고민했는데, 조금은 아저씨의 위로를 받고 싶어요. 그냥 무언의 위로면 충분해요. 그러니까, 아저씨가 괜시리 편지로 이 이야기를 언급해서 제 상처를 다시 들추지는 말아 주세요.

저는 지난겨울 내내 저녁마다, 그리고 올여름에도 돌머리 아이 둘에게 라틴어를 가르칠 때만 빼고는 내내 소설을 쓰고 또 썼습니다. 학기 시작 전에 탈고해서 출판사에 보냈죠. 두 달간 연락이 없길래 출판사에서 제 소설을 마음에 들어 하는 줄 알았어요. 그런데 어제 아침 속달 소포(우편료 30센트)로 제 원고가 되돌아왔어요. 출판사의 편지 한 통과 함께요. 대단히 친절하고 자상했지만 솔직한 편지였지요! 주소를 보고 제가 아직 대학생인 것을 알았다면서, 제가 충고를 받아들일 생각이 있다면 우선은 학업에 매진하고 졸업 후에 글을 쓰는 편이 좋겠다고 써 있었어요. 원고 검토인의 의견서도 동봉되어 있었죠.

"줄거리에 개연성이 전혀 없음. 인물 묘사가 과장되고, 대화도 부자연스럽고, 유머는 풍부하나 고상하지 않음. 그러나 계속 열심히 쓰면 언젠가는 괜찮은 책을 쓸 수 있을 거라고 전달 바람."

가망이라곤 없어 보이죠, 아저씨? 저는 제가 미국 문학사에 한 획을 그을 작품을 쓰고 있는 줄 알았어요. 진심으로요. 졸업 전에 훌륭한 소설을 써서 아저씨를 깜짝 놀라게 해 드릴 계획이었어요. 이야기의 소재는 지난 크리스마스 방학 때 줄리아네 집에서 지내며 모은 것이었어요. 편집자의 지적이 맞아요. 대도시의 예절과 관습을 관찰하는데 2주는 턱없이 부족하죠.

어제 오후 산책길에 그 원고를 가지고 나갔어요. 보일러실까지 가서 작업자에게 불을 좀 써도 되느냐고 물었어요. 그는 친절하게도 화로의 문을 열어 주었고, 저는 제 손으로 그 원고를 던져 넣었어요. 제 자식을 화장하는 듯한 심정이었어요!

완전히 낙담해서 잠자리에 들었죠. 결국 저는 아무짝에도 쓸모없는 사람이 될 거고 아저씨의 돈만 허비했다고 자책했어요. 하지만 이거 아세요? 오늘 아침에 잠에서 깼는데, 머릿속에 새롭고 더 훌륭한 줄거리가 떠올랐지 뭐예요. 온종일 등장인물들을 구상했어요. 이렇게 행복할 수가 없네요.

그 누가 저를 비관론자라고 비난할까요! 저는 하루아침에 지진으로 남편과 자식 열둘을 잃더라도, 다음날 아침엔 힘차게 일어나 다시 새로운 가정을 꾸릴 테니까요.

_애정을 담아

주디 올림

12월 14일

키다리 아저씨께

어젯밤에 진짜 이상한 꿈을 꾸었어요. 서점에 들어가니까 점원이 신간을 가져다 주었는데 제목이 《주디 애벗의 삶과 편지》였어요. 분명하게 알아볼 수 있었어요. 붉은 천으로 제본된 책 표지에 존 그리어 고아원 사진이 있고, 속표지에는 제 사진과 그 아래에 '아주 진실한, 당신의 주디 애벗'이라고 쓰여 있고요. 그런데 제 묘비명을 읽으려고 마지막 장을 펼치는 순간, 깼어요. 세상에! 누구랑 결혼하고 언제 죽는지 알 수 있는 중요한 순간에 말이에요.

전지적 작가에 의해 완벽하게 사실적으로 쓰인 자신의 인생 이야기를 읽을 수 있다면, 정말 재밌겠죠? 단, 책의 내용을 절대 까먹지 못하고, 자신의 행동이 어떤 결과를 가져올지도 알고, 죽는 시간까지 정확히 미리 알면서 살아가야 한다는 조건이 붙는다면, 과연 몇 명이나 용기내서 그 책을 읽을까요? 반대로, 삶에서 비록 희망과 놀라움이 없어진대도, 과연 몇 명이나 그 책을 읽고 싶은 호기심을 억누를 수 있을까요?

인생은 잘해 봤자 단조로운 거예요. 먹고 자는 일의 연속이니까요. 그러니 매 끼니 사이사이에 예상 밖의 일이 하나도 일어나지 않는다면 인생은 정말 '죽을 만큼' 단조로울 거예요. 어이쿠! 아저씨, 잉크 얼룩이 생겼어요. 하지만 벌써 석 장 째라서 새 종이에 다시 쓸 수는 없어요.

올해도 생물학 강의를 듣습니다. 아주 흥미로운 과목이에요. 지금은 소화 기관을 배웁니다. 현미경으로 보는 고양이의 십이지장 단면이 얼마나 예쁜지 아저씨도 보셔야 하는데.

또 철학도 배워요. 재미는 있는데 이해가 어렵네요. 저는 배우고 있는 주제를 명확하게 알 수 있는 생물학이 더 좋아요. 한 방울 또 떨어졌어요! 또 한 방울! 이 펜은 눈물을 많이 흘리네요. 펜이 흘린 눈물을 너그럽게 봐주세요.

아저씨는 자유의지를 믿으세요? 저는 굳건하게 믿어요. '모든 행동은 동떨어진 원인들이 모여서 나타난 절대적으로 불가피하고도 필연적인 결과'라는 철학자들의 말에 동의하지 않아요. 이렇게 부도덕한 학설은 처음 들어봐요. 어떤 짓을 해도 아무에게도 책임이 없다는 말이잖아요. 운명론을 믿는 사람은 가만히 앉아서 "신의 뜻대로 되리라!"라고 말하며 죽어 쓰러질 때까지 계속 그렇게 앉아 있겠지요.

저는 제 자유의지와 성취 능력을 굳게 믿고 있어요. 믿음만 있으면 산도 움직일 수 있다지요. 제가 위대한 작가가 되는 걸 보시게 될 거예요! 새 소설을 4장이나 완성했고 5장도 초안은 구상해 놨거든요.

이번 편지는 퍽 심도 깊은 내용이 되어버렸네요. 머리 아프시죠? 이만 줄이고 퍼지나 만들어야겠어요. 한 조각 보내드릴 수 없어서 아쉬워요. 이번에는 진짜 크림과 버터도 세 덩이나 넣어 만들 거거든요.

_애정을 담아

주디 올림

추신. 체육 시간에 멋진 춤을 배우고 있어요. 그래도 제법 그럴 듯한 발레단 같아 보이지 않나요? 맨 끝에서 우아하게 피루에트
* 동작을 하고 있는 사람이 저예요. 진짜예요.

* pirouette. 한 발을 축으로 하여 몸을 팽이처럼 회전시키는 발레 동작이다.

12월 26일

친애하고 친애하는 아저씨께

아저씨 도대체 무슨 생각이신 거예요? 여자아이에게 크리스마스 선물을 열일곱 가지나 보내시다니요? 전 사회주의자라고요. 그 사실을 잊지 마시기 바랍니다. 저를 갑부로 만들기라도 할 작정이세요?

아저씨와 제가 티격태격 말다툼을 한다면 얼마나 당혹스러운 일이겠어요! 아저씨의 선물들을 되돌려 보내려면 짐마차라도 빌려야 할 지경이에요.

제가 보낸 넥타이가 너무 흐느적거려서 죄송해요. 직접 뜬 거라서 그래요. (안쪽을 보고 짐작하셨겠지만요.) 추운 날에만 매시되 단추를 끝까지 잠그시면 괜찮을 거예요.

아저씨, 고맙습니다. 고맙고 또 고마워요. 아저씨는 세상에서 가장 다정다감한 분이세요. 가장 어리석은 분이기도 하고요!

_주디 올림

추신. 맥브라이드네 별장에서 가져온 네잎클로버를 보내 드려요. 새해에 행운을 가져올 거예요.

1월 9일

아저씨, 영원한 구원을 보장받을 수 있는 일을 하고 싶지 않으세요? 이곳에 끔찍하게 가난한 가족이 있거든요. 부모와 네 아이가 살고 있고, 위로 두 아들은 돈을 벌어오겠다며 집을 나간 후 한 푼도 보내오질 않아요. 아버지는 유리 공장에서 일하다가 폐결핵에 걸려(유리 공장 일이 건강에 몹시 나빠요.) 병원에 입원했어요. 많지 않던 저축이 병원비로 다 나갔고, 스물네 살 큰딸이 가족 부양의 책임을 떠맡았어요. 큰딸은 일당 1달러 50센트짜리 재봉일을 하고(그것도 일이 있는 날만요.) 밤에도 식탁보에 수 놓는 일을 해요. 어머니는 허약한데다 무능력해서 종교에만 의지해요. 딸이 과로와 책임과 걱정으로 죽을 지경인데 어머니라는 사람은 체념한 듯 두 손을 모아 가만히 앉아 있기만 해요. 큰딸은 겨울을 어떻게 날지 막막하대요. 제가 보기에도 그래요. 백 달러만 있으면 석탄도 사고 세 동생이 학교에 신고 갈 신발도 사고, 남은 돈으로 며칠은 일이 없어도 굶지 않을 수 있고요.

아저씨는 제가 아는 사람 중에 제일 부자세요. 백 달러쯤 여유가 없으실까요? 큰딸은 예전의 저보다 더 도움을 받아 마땅한 사람이에요. 큰딸만 아니면 부탁드리지 않았을 거예요. 그 어머니야 전혀 안타깝지 않아요. 어쩜 그렇게 의지가 약할까요.

그렇지 않다는 걸 분명히 알면서도 하늘을 향해 눈알만 굴리면서 "이게 다 신의 뜻이야" 하고 중얼거리는 사람들을 보면 화가 치밀어요. 겸손이든 체념이든 뭐라고 부르든, 그건 그저 무기력한 타성에 불과해요. 저는 좀 더 투쟁적인 종교가 좋아요!

철학 수업은 가장 난해한 부분에 접어들었어요. 쇼펜하우어의 사상을 죄다 내일 하루에 배울 예정이에요. 교수님은 우리가 다른 과목들도 배우고 있음을 까맣게 잊으신 듯해요. 괴상한 노인이세요. 머리는 구름 속에 처박고 생각에 빠져 이리저리 걷다가 때때로 딱딱한 땅을 밟고 현실로 돌아오면 얼떨떨하게 눈만 깜박깜박하시죠. 강의에 재치 있는 말을 섞어 보려고 애는 쓰시는데, 아무리 노력해도 하나도 웃음이 나지 않는 농담이에요. 그분은 수업이 없을 때면, 물질이 실제로 존재하는지 아니면 단지 물질이 존재한다고 생각하는 것인지를 고민하신대요.

바느질 하는 큰딸은 그런 고민은 하지 않겠죠. 물질이 존재한다는 것에 대해 추호의 의심도 없을 테니까요!

새로 쓴 제 소설이 어디 있을까요? 쓰레기통에 있어요. 아무리 봐도 형편없는 작품이라서요. 제 작품을 사랑하는 저조차도 그걸 알 정도니, 비판적인 대중의 평가야 오죽하겠어요?

며칠 뒤

아저씨, 아파서 침대에 누운 채로 편지를 씁니다. 편도선이
부어올라 이틀 내내 누워 있었어요. 뜨거운 우유만 겨우 삼킬
수 있을 정도예요. 의사가 궁금하다는 듯 말했어요. "학생 부모
님은 학생이 어릴 때 왜 편도선 수술을 안 해 주셨을까?" 그야
저도 모르지만, 부모님이 절 생각이나 하셨을지 궁금하네요.

다음 날 아침

봉투를 봉하기 전에 편지를 다시 읽어봤어요. 제가 왜 그렇게
우중충한 인생관을 피력했을까요. 제가 젊고 행복하고 생기가 넘
친다고 서둘러 바로잡습니다. 아저씨도 그러시리라 믿어요. 젊음
은 나이가 아니라, 정신이 얼마나 생동감 넘치는지에 달려 있잖
아요. 그러니 아저씨가 백발이라도 여전히 소년이실 수 있어요.

_애정을 담아

주디 올림

1월 12일

친애하는 자선가님께

아저씨가 가난한 가족에게 보낸 수표가 어제 도착했어요. 정
말 고맙습니다! 점심을 먹자마자 체육시간도 빼먹고 곧장 그

집으로 갔어요. 아저씨도 큰딸의 얼굴을 보셨어야 했는데! 너무나 놀라고 행복하고 안도한 나머지 훨씬 젊어 보이지 않겠어요. 하긴 이제 겨우 스물넷인데 말이에요. 정말 안됐지요?

큰딸이 좋은 일들이 한꺼번에 밀려오는 기분이라고 말했어요. 두 달치 일감도 얻었거든요. 결혼을 앞둔 손님이 혼수 옷가지 일체를 맡겼대요.

"좋으신 하느님, 감사합니다!"

그 작은 종이가 백 달러인 걸 알고, 그 어머니가 이렇게 외쳤어요. 제가 말했죠.

"좋으신 하느님이 주신 게 아니라, 키다리 아저씨(물론 스미스 씨라고 말했죠)가 주신 거예요."

"그분에게 그런 마음이 들게 하신 분은 좋으신 하느님이시지요."

"절대 아니에요! 그런 마음을 갖게 한 사람은 바로 저라고요."

어쨌든 아저씨, 좋으신 하느님이 언젠가는 아저씨에게 적절한 보상을 하시리라 믿어요.

만 년쯤은 연옥에 안 기셔도 될 거예요.

_대단히 감사드리는

주디 애벗 올림

2월 15일

위대하신 폐하께 아뢰옵니다.

오늘 아침 소신은 차가운 칠면조 파이와 거위 고기를 먹고, 한 번도 마셔 보지 못한 중국 차 한 잔을 주문했사옵니다.

불안해 하지 마세요, 아저씨. 정신이 나간 게 아니고, 새뮤얼 피프스*의 글을 인용한 거예요. 영국 역사와 관련하여 피프스의 글을 원본으로 읽고 있거든요. 그래서 샐리와 줄리아와 저는 요즘 1660년대의 언어로 대화를 나눈답니다. 이렇게요.

"소생은 채링크로스에 당도하여 해리슨 소령이 교수형에 처해져 내장이 나오고 사지가 찢겨나가는 것을 보았도다. 그자는 그런 상황에서도 어느 누구보다 밝은 낯빛을 보였도다."

이런 구절도 있어요.

"전날 홍반열로 오라비를 잃고 연염한 상복을 입고 있는 귀부인과 석반을 함께 했도다."

여흥을 다시 시작하기엔 좀 이르지 않나요? 피프스의 친구는 오래되어 부패한 식량을 가난한 백성들에게 팔아서 국왕이 진 빚을 갚도록 하는 교활한 방법을 고안해 냈다고 해요. 개혁가인 아저씨가 보시기엔 어떠세요? 저는 요즘 사람들이 신문에 나오는 것만큼 나쁘지는 않다고 믿어요.

---

* Samuel Pepys. 17세기 영국의 해군 행정관. 근대 일기문학의 개척자다.

새뮤얼은 여자들만큼이나 옷에 관심이 많았대요. 옷값을 아내의 다섯 배나 쓸 만큼요. 그때가 남편들의 황금기였나 봐요. 이런 도입부는 가슴 찡하지 않나요? 그 사람은 정말 정직했어요.

"오늘 금단추가 달린 멋진 캠릿 망토가 집에 도착했는데 아주 비싸다. 내가 그 돈을 지불할 수 있기를 신께 기도 드린다."

피프스 이야기만 늘어놓는 걸 용서하세요. 그에 관한 특별 논문을 쓰고 있거든요.

아저씨는 어떻게 생각하세요? 자치회에서 10시 소등 규칙을 폐지했어요. 원하면 밤새도록 불을 켜놔도 괜찮아요. 다른 학생을 방해하지 않는다면요. 그래서 여럿이 모여 떠들썩하게 놀지는 못해요. 그 결과 인간 본성에 관한 놀라운 발견을 하게 되었어요. 얼마든지 밤에 깨 있을 수 있게 되자, 더 이상 아무도 그렇게 하지 않아요! 이젠 9시 정각만 되면 꾸벅꾸벅 졸고, 9시 반이면 펜이 정신을 잃고 무릎 위로 곤두박질쳐요. 지금 9시 반이네요. 안녕히 주무세요.

일요일

방금 예배를 마치고 돌아왔어요. 오늘은 조지아에서 오신 목사님의 설교를 들었어요. 목사님은 감정을 희생하면서까지 지성을 개발해서는 안 된다고 말씀하셨지만, 제 생각에는 빈약하고 무미건조한 설교가 아닐 수 없도다. (피프스의 말투가 또 나

197

오네요.) 미국의 어느 지역 출신이든, 캐나다에서 왔든 무슨 종파든 간에 목사님들의 설교는 하나같이 다 천편일률적이에요. 왜 목사님들은 남학교로 가서 남학생들에게 '지나치게 머리를 쓰느라 남성적인 본성을 망가뜨리지 말라'라고 당부하진 않는 거죠?

오늘 날씨가 멋져요. 춥고 쌀쌀하고 쾌청해요. 식사가 끝나는 대로 샐리와 줄리아와 마티 킨과 엘리너 프랫(제 친구들인데 아저씨는 모르실 거예요)과 저는 짧은 치마를 입고 들판을 가로질러 크리스털 스프링 농장으로 가서 저녁으로 닭튀김과 와플을 먹고, 크리스털 스프링 씨에게 학교까지 짐마차로 데려다 달라고 할 거예요. 학교에는 7시까지는 돌아와야 하지만, 오늘은 좀 늦춰서 8시까지 들어오려고 해요.

안녕히 계세요. 친절한 아저씨.

_아저씨의 가장 충직하고, 충실하고, 성실하며,

순종하는 종이 된 것을 망극한 광영으로 생각하는

주디 애벗 올림

3월 5일

친애하는 후원 재단 이사님께

내일은 이달의 첫 수요일이에요. 존 그리어 고아원에서는 무척 고된 날이지요. 오후 5시에 이사님들이 원생들의 머리를 쓰다듬어 주고 집으로 돌아가면 모두들 얼마나 마음이 놓일까요! 혹시 아저씨는 (개인적으로) 제 머리를 쓰다듬어 주신 적이 있나요? 없는 것 같아요. 저는 뚱뚱한 이사님들만 기억나거든요.

고아원 사람들에게 부디 제 사랑을 전해 주세요. 저의 진심 어린 사랑을 말이에요. 4년이라는 아득한 세월을 지나 되돌아 보니 조금은 그립습니다. 갓 대학에 왔을 때는 남들은 다 누린 평범한 유년시절을 저 혼자만 강탈당한 것 같아 몹시 분했어요. 하지만 이젠 아니에요. 아주 특별한 경험이었다고 생각합니다. 고아원 생활을 했기에 한 걸음 물러나 인생을 바라볼 수 있게 되었으니까요. 제게는 풍족하게 자란 사람들에겐 부족한, 세상을 보는 안목이 생겼어요.

제 주위엔 자신이 행복한지도 모르는 친구들(예를 들면 줄리아)이 많이 있어요. 행복에 젖어 있다 보니, 행복을 느끼는 감정이 둔해진 거예요. 하지만 저는, 제 인생 매 순간순간 행복하다고 느끼고 있어요. 아무리 힘든 일이 닥쳐도 계속해서 행복하다고 생각할 작정이에요. 힘든 일 따위는(그게 충치라 할지라도) 흥미로운 경험으로 여기고 어떤 느낌이 느는지 기꺼이 받아들일 거예요. '내 머리 위 하늘이 어떤 모습이더라도, 나는 운명을 받아들일 용기가 있다.'

그렇지만 아저씨, 존 그리어 고아원에 대한 이런 새로운 감정을 너무 글자 그대로 받아들이지는 않으셨으면 해요. 제게 아이가 다섯 있대도, 루소*처럼 아이들을 천진하게 키우겠다는 핑계로 자식을 고아원 계단에 버리고 오진 않을 테니까요.

리펫 원장님께 제 애정 어린 안부를 전해주세요. (이 말은 진심이에요. 사랑을 전해 달라고 한다면 좀 과할 것 같아요.) 그리고 제 성격이 얼마나 좋아졌는지 전해 주시는 것도 잊지 마세요.

_사랑을 담아, 주디 올림

록 윌로우에서
4월 4일

아저씨, 이 편지의 소인을 보셨나요? 록 윌로우가 샐리와 저의 존재로 환해졌답니다. 열흘간의 부활절 연휴를 보내는 최고의 방법이 조용한 곳에서 지내는 거라고 생각했거든요. 퍼거슨 기숙사에서는 단 한 끼도 더 먹기 싫을 만큼 신경이 곤두서 있었어요. 사백여 명의 여학생들과 한 방에서 밥을 먹으면, 입에 손나팔을 대고 소리를 지르지 않으면 식탁 맞은편에 앉은 친구의 목소리조차 듣지 못할 만큼 시끄러워요. 정말이에요.

샐리와 저는 언덕을 오르고 책을 읽고 글을 쓰며 즐겁고 편

---

* Jean Jacques Rousseau. 18세기 프랑스의 철학자로, 근대 교육학의 토대를 마련한 사상가이지만 정작 자신의 다섯 자녀는 모두 고아원에 보냈다.

안한 시간을 보내고 있어요. 오늘 아침엔 '스카이 힐' 꼭대기에 올라갔어요. 언젠가 저비 도련님과 제가 저녁을 만들어 먹었던 곳이에요. 벌써 2년 전이라니 믿기지가 않아요. 우리가 불을 피웠던 바위엔 여전히 연기로 검게 그을린 자국이 있어요. 장소가 사람과 연관되어, 다시 그곳을 찾았을 때 그 사람이 떠오르는 건 참 신기하네요. 그곳에 머문 2분 동안 저비 도련님이 곁에 없다는 쓸쓸함을 진하게 느꼈어요.

아저씨, 제가 요즘 뭘 하고 있을까요? 절 구제불능이라고 생각하실지도 몰라요. 글을 쓰고 있어요. 3주 전부터 단숨에 쭉쭉 써내려가고 있어요. 드디어 비결을 깨달았거든요. 저비 도련님과 그 편집장의 말이 맞았어요. 자기가 잘 아는 것을 쓸 때 가장 설득력 있는 글이 된다는 거요. 이번에야말로 제가 잘 알고 있는 것에 대해 남김없이 쓰고 있어요. 작품의 배경이 짐작되세요? 맞아요, 존 그리어 고아원! 이번엔 제법 괜찮은 작품이 될 것 같아요, 아저씨. 매일 일어나던 소소한 일들을 쓰니까요. 저는 이제 사실주의 작가가 되었어요. 낭만주의는 버렸어요. 하지만 언젠가 모험으로 가득한 저만의 미래가 열리면, 다시 낭만주의자로 돌아갈 거예요.

이번 소설은 꼭 완성해서, 출판도 할 거예요! 그렇게 될지 아닐지 두고 보세요. 무엇이든 간절히 원하고 노력을 멈추지 않으면, 결국엔 해낼 수 있답니다. 저는 무려 4년이나 아저씨의 편지를 받기 위해 노력하고 있고, 그 희망을 버리지 않았답니다.

안녕히 계세요. 우리 아저씨.

(우리 아저씨라고 부르는 게 좋아요. 두운에 맞춘 느낌이랄까요.)

_사랑을 담아, 주디 올림

추신. 농장 소식을 전해드린다는 걸 깜빡했네요. 아주 슬픈 소식이에요. 기분을 망치고 싶지 않으면 이건 건너뛰세요.

늙은 그로버가 죽었어요. 가엾게도 너무 늙어서 여물도 못 씹었기 때문에, 총을 쏘아 떠나보내야만 했어요.

지난주엔 닭 아홉 마리가 족제비인지 스컹크인지 들쥐인지에게 물려 죽었어요.

암소 한 마리가 아파서 보니리그 사거리에서 수의사를 불러왔어요. 애머사이가 곁에서 아마씨유와 위스키를 먹이느라 밤을 꼬박 새웠죠. 하지만 우리는 그 가엾은 암소가 아마씨유밖에 못 먹었을 거라고 짐작해요.

까칠한 토미(삼색 얼룩 고양이)가 사라졌어요. 다들 덫에 걸린 건 아닌지 걱정하고 있어요.

세상에는 걱정거리가 참 많기도 해요!

5월 17일

키다리 아저씨께

이 편지는 무척 짧을 거예요. 펜만 봐도 어깨가 아프거든요. 하루 종일 강의 내용을 받아 적고, 밤마다 불후의 명작을 집필하느라 글을 너무 많이 써서 그래요.

3주 후 수요일이 졸업식이에요. 그땐 아저씨도 저를 만나러 오시겠죠. 안 오시면 아저씨를 미워할 거예요. 줄리아는 가족인 저비 도련님을 초대했고, 샐리도 가족인 지미 맥브라이드를 초대했는데, 저요? 아저씨와 리펫 원장님뿐인데, 원장님을 초대하긴 싫단 말이에요. 제발 와 주세요.

_사랑을 담아, 손에 쥐가 난
아저씨의 주디 올림

록 윌로우에서

6월 19일

키다리 아저씨께

드디어 학업을 마쳤어요! 졸업상을 제일 좋은 옷 두 벌과 함께 서랍장 맨 아래 칸에 넣어 두었어요. 졸업식은 중요한 순간에 소나기가 몇 번 쏟아진 것만 빼곤 여느 해와 비슷했대요. 장미꽃 다발을 보내 주셔서 감사합니다. 정말 예뻤어요. 저비 도

런님과 지미도 장미꽃을 주었지만, 그것들은 욕조에 넣어 두고 아저씨가 주신 꽃다발을 안고 졸업 행진을 했답니다.

지금 록 윌로우에 있어요. 여름을 보내러 왔는데, 영원히 머물까 싶어요. 하숙비도 싸고 주위 환경도 조용해서 글쓰기에 좋아서요. 치열하게 글 쓰는 작가가 뭘 더 바라겠어요? 요즘 소설 집필에 매진하고 있답니다. 깨어 있는 매순간 소설을 생각하고, 밤에는 그 꿈을 꿔요. 평화롭고 조용하고 집필할 충분한 시간만(중간중간 영양가 많은 음식을 먹으면서요) 바랄 뿐이에요.

저비 도련님은 8월에 한 주 정도 여기서 지낼 거고, 지미 맥브라이드도 가끔 들를 거라고 했어요. 지미는 증권 회사에 들어가서, 시골 각지의 은행을 돌며 증권을 팔고 있어요. 사거리의 '전국 농업인 은행'에 다녀오는 길에 저를 보러 오겠대요.

이 정도면 록 윌로우에서도 사교 생활이 영 없지는 않죠? 아저씨가 차를 타고 이곳을 지나가셨으면 하고 바라지만, 이젠 그것이 전혀 가망 없는 일인 줄 알아요. 졸업식 날, 저는 아저씨를 제 마음에서 도려내어 영원히 지웠습니다.

_주디 애벗 올림

7월 24일

사랑하는 키다리 아저씨께

일하는 건 정말 재미있어요. 아저씨는 일을 안 하시나요? 하고 싶은 일을 할 때 특히 더 즐겁지요. 올여름 저는 펜이 나갈 수 있는 최고 속도로 글을 써 내려가고 있어요. 제 생활에 불만이 딱 하나 있다면, 머릿속에 떠오르는 아름답고 중요하고 즐거운 생각들을 다 글로 담을 수 있을 만큼 하루가 길지 않다는 거예요.

지금 막 두 번째 원고 수정을 마쳤고, 내일 아침 7시 30분에 세 번째로 다듬을 거예요. 지금까지의 제 글 중에서 가장 근사한 작품이에요. 정말이에요. 글 이외에 다른 건 아무것도 생각나지 않아요. 아침에 일어나면 얼른 글을 쓰고 싶어서 옷 입고 밥 먹는 시간조차 아까워요. 쓰고 쓰고 또 쓰다가, 너무 지쳐서 쓰러질 지경이 되죠. 그러면 콜린(새로운 양치기 개)과 들판을 뛰놀며 이튿날 쓸 새로운 소재를 얻어요. 이렇게 아름다운 소설은 처음일 거예요. 앗, 죄송해요. 아까도 말씀드렸던 건데.

제가 자만한다고 생각하세요, 아저씨?

정말 아니에요. 디만 지금 몹시 열정에 불타고 있어서 그래요. 시간이 좀 흐르면 냉정하고 비판적인 태도로 콧방귀를 뀔지도 몰라요. 아니, 절대 그러지는 않을 거예요! 이번엔 제대로 된 소설을 썼으니까요. 조금만 기다려 주세요.

잠깐 다른 이야기를 할게요. 지난 5월 애머사이와 캐리가 결혼한 건 말씀 안 드렸죠? 어쩐지 결혼 후에 둘 사이가 나빠진 것 같아요. 전에는 애머사이가 진흙탕을 걷고 마루에 재를 떨어뜨려도 웃던 캐리가, 잔소리를 어찌나 해대는지요! 더이상 머리도 예쁘게 말지 않아요. 또 자상하게 양탄자를 털고 장작을 옮겨주던 애머사이도 이젠 투덜대요. 진홍색이나 보라색이던 넥타이도 맨 우중충한 검정이나 갈색만 매고요. 전 절대 결혼하지 않겠어요. 결혼은 뭐든지 나쁘게 만드는 과정인 게 틀림없어요.

농장 소식은 별다른 게 없어요. 가축들은 모두 최고로 건강해요. 돼지들은 유난히 살찌고 젖소들도 느긋하고, 암탉들도 달걀을 쑥쑥 낳고 있어요. 양계에 관심 있으세요? 〈암탉 한 마리가 일 년에 달걀을 200개나 낳는 방법〉이라는 소책자를 권합니다. 내년 봄에는 저도 부화기를 써서 영계를 키워볼 거예요. 록윌로우에 아예 눌러앉을까 해요. 앤서니 트롤럽[*]의 어머니처럼 114편의 소설을 쓸 때까지 여기 머무를 생각입니다. 그러고 나면 필생의 사업을 마무리하고 은퇴해서 여행을 다니는 거죠.

지난 일요일에 지미가 왔어요. 저녁으로 닭튀김과 아이스크림을 먹었는데, 지미가 둘 다 아주 맛있게 먹었어요. 지미를 만

[*] Anthony Trollope. 19세기 영국의 소설가

나서 몹시 반가웠어요. 잠시 잊었던 저 바깥의 넓은 세상을 일깨워 줬거든요. 지미는 증권 판매에 애를 먹고 있어요. 사거리의 '전국 농업인 은행'이 이자가 6~7퍼센트밖에 안 되는데도 증권을 사 주지 않는대요. 제 생각에 아마 지미는 결국엔 우스터의 집으로 돌아가서 아버지의 공장 일을 할 것 같아요. 너무 솔직하고 남을 쉽게 믿고 친절해서 금융업자로 성공하기엔 어려워 보여요. 하지만 이미 안정된 작업복 공장의 지배인 자리는 꽤 어울릴 듯해요. 지금이야 지미가 작업복 따위는 대수롭게 여기지 않지만요.

글을 하도 쓰는 통에 손에 쥐가 난 사람에게서 이렇게 긴 편지를 받았다는 사실을 높이 평가해 주세요. 저는 여전히 우리 아저씨를 많이 사랑하고 많이 행복하답니다. 주변 경치가 온통 아름답고, 먹을 것이 많고, 기둥이 네 개 달린 아늑한 침대에, 새 원고지도 쌓여 있고 잉크도 가득한 지금 더 이상 뭘 바라겠어요?

_언제나 아저씨의

주디 올림

추신. 우체부가 새로운 소식들을 가져왔어요. 저비 도련님이 다음 주 금요일에 와서 한 주 동안 머물 거래요. 정말 즐거운 일이지만 가엾게도 제 소설이 수난을 당하겠죠. 저비 도련님이 여간 까다로운 분이 아니니까요.

8월 27일

키다리 아저씨께

아저씨, 지금 어디 계세요?

아저씨가 어느 곳에 계시는지 모르겠지만, 이렇게 지독한 날씨에 뉴욕에는 계시지 않으셨으면 좋겠네요. 어느 산꼭대기에서(스위스 말고 가까운 곳에서요) 눈을 보며 제 생각을 하시면 좋겠어요. 꼭 제 생각을 해 주세요. 전 지금 너무나 외로워서 누가 저를 생각해 줬으면 좋겠어요. 아, 아저씨, 제가 아저씨를 안다면 얼마나 좋을까요! 그러면 슬픔에 잠길 때 서로를 위로해 줄 수 있을 테니까요.

록 윌로우에는 더 이상 머물 수 없겠어요. 다른 곳으로 떠날까 해요. 샐리가 올겨울 보스턴에서 사회 복지 사업을 시작할 거라는데, 샐리를 따라갈까요? 둘이 작은 아파트를 하나 얻어서, 샐리가 복지 업무를 하는 동안 저는 글을 쓰고 저녁에는 함께 지내는 거예요. 이곳은 대화 상대라곤 셈플 부부와 캐리와 애머사이밖에 없어서 저녁이 무척 지루해요. 아파트를 얻겠다고 하면 아저씨가 못마땅해 하실 거란 짐작이 가요. 아마 아저씨의 비서가 이런 편지를 가져오겠죠.

제루샤 애벗 양께

아가씨, 스미스 씨께서 아가씨가 계속 록 윌로우에 머무르길 바라십니다.

_친애하는 엘머 H. 그릭스

전 아저씨의 비서가 싫어요. '엘머 H. 그릭스'라는 이름의 남자에게는 단연코 호감을 가질 수가 없어요. 아저씨, 저는 꼭 보스턴에 가야 해요. 더 이상 이곳에 있을 수가 없어요. 지금 당장 어떤 변화를 주지 않는다면, 저는 극심한 절망감에 사로잡혀 사일로* 속으로 몸을 던질지도 몰라요.

이런! 정말 덥네요. 풀은 바싹 타들어가고 시냇물은 마르고 길에는 먼지가 풀풀 날려요. 몇 주째 비가 한 방울도 내리지 않았거든요. 이 편지를 보면 제가 공수병에라도 걸린 줄 아시겠지만, 그렇진 않아요. 다만 가족이 필요할 뿐이에요.

안녕히 계세요. 사랑하는 나의 아저씨.

_아저씨를 뵐 수 있으면 좋겠어요.

주디 올림

---

* 건초 등을 쌓아 두는 큰 탑 모양의 저장고

록 윌로우에서

9월 19일

아저씨께

저에게 어떤 문제가 생겼는데 조언이 필요해요. 이 세상에서 다른 누구도 아닌 바로 아저씨의 조언이 필요해요. 저를 만나 주실 수 없을까요? 편지로 쓰는 것보다 말로 하는 게 훨씬 나을 것 같아요. 아저씨의 비서가 편지를 열어볼지도 모르고요.

_주디 올림

추신. 지금 몹시 불행해요.

록 윌로우에서

10월 3일

키다리 아저씨께

아저씨의 친필 편지를 오늘 아침에 받았어요. 손을 많이 떠셨더군요. 그동안 편찮으셨다니 마음이 아파요. 진작 알았더라면 제 개인적인 일로 아저씨께 걱정 끼쳐드리지 않았을 텐데요. 그럼 제 문제를 말씀드릴게요. 편지로 쓰기엔 조금 복잡하고 아주 사적인 일이에요. 그러니 이 편지는 읽고 나서 불태워 주세요.

그렇지만 우선, 천 달러 수표를 동봉합니다. 제가 아저씨께 수표를 보내다니 우스운 일이 다 있죠? 이 돈이 어디서 났을까요?

제 소설이 팔렸어요, 아저씨. 7회에 걸쳐 연재된 후에 책으로 묶여 출간될 거래요! 제가 몹시 기뻐서 날뛰고 있을 거라 생각하시겠지만, 아니에요. 조금도 감흥이 없어요. 물론 아저씨께 돈을 갚기 시작한 점은 기뻐요. 아직도 2천 달러 넘게 남았지만 몇 번에 걸쳐서 드릴 거예요. 아저씨께 빚을 갚을 수 있게 되어 얼마나 기쁜지 몰라요. 그러니 제발 수표를 언짢게 생각하지 말아주세요. 저는 단지 돈이 아닌 크나큰 은혜를 입었고, 그 은혜는 평생 살아가면서 감사와 사랑으로 보답할 거예요.

그럼 이제 그 이야기를 할게요, 아저씨. 제가 좋아할지 않을지는 신경 쓰지 마시고, 가장 현실적인 조언을 해 주세요.

제가 아저씨께 아주 특별한 감정을 가진 건 아저씨도 아실 거예요. 아저씨는 제 가족 전부를 합한 분이니까요. 하지만 제가 아저씨가 아닌 다른 남자에게 더 특별한 감정을 가졌다고 말씀드려도 기분 상하지 않으실 거죠? 그리 어렵지 않게 짐작하실 수 있어요. 제가 생각해도 제 편지가 저비 도련님의 이야기로 가득해진 지 꽤 오래됐으니까요.

그간 제 편지를 통해 그분이 어떤 사람이고 우리가 얼마나 마음이 잘 통하는지 아저씨도 느끼셨을 거라 생각해요. 우리는 매사에 생각이 같아요. 그분 생각에 제 생각을 맞추려는 게 아닐까 싶을 정도니까요! 하지만 대체로 그분은 옳아요. 저보다

14년이나 먼저 인생을 시작했으니 그래야 마땅하기도 해요. 하지만 어떤 면에서 그분은 덩치만 큰 아이 같을 때도 있어서 보살핌이 필요해요. 비가 오는데도 도무지 비옷 입을 생각을 않죠. 그분과 저는 언제나 같은 것을 재미있어 해요. 두 사람의 유머감각이 정반대라면 얼마나 끔찍할까요. 그 괴리감을 없앨 수 있는 건 아무것도 없을 테니까요!

그런데 그분은 말이죠! 아, 그분은 평상시 그대로인데 전 그분을 그리워하고 그리워하고 또 그리워해요. 온 세상이 텅 빈 듯 마음이 아파 견딜 수가 없어요. 달빛이 미워져요. 달빛은 이토록 아름다운데 그분이 곁에 없어 함께 볼 수 없으니까요. 아저씨도 누군가를 사랑해 본 적이 있으시죠? 제가 굳이 설명하지 않아도 아실 거예요. 아니라면 제가 뭐라 설명해도 모르실 테고요.

아무튼, 이게 지금의 제 마음이에요. 그런 제가 그분의 청혼을 거절했어요.

이유는 말하지 않았어요. 그저 말 없이 비참한 심정으로 가만히 있었어요. 무슨 말을 해야 할지 아무 생각도 떠오르지 않았어요. 그러자 그분은 제가 지미 맥브라이드와 결혼하고 싶어 한다는 오해를 안고 떠나버렸어요. 지미와 결혼할 생각은 조금도 없어요. 지미는 어른이 되려면 아직도 한참 멀었거든요. 하지만 저비 도련님과 저는 지독한 오해의 늪에 빠지는 바람에 서로의 마음에 상처를 주었어요. 제가 그분을 떠나보낸 건 그분을 좋아하지 않아서가 아니라, 너무 많이 좋아하기 때문이에요. 나중에 그분이 저와 결혼한 것을 후회할까 봐 두려웠어요. 그건 제가 견딜 수 없어요! 부모형제도 없는 저 같은 사람이 그분 같이 훌륭한 가문의 사람과 결혼한다는 것도 염치없는 짓 같고요. 그분께 한 번도 고아원에 대해 말하지 않은 건, 제 자신이 누군지조차 모른다는 사실을 말하기 싫어서였어요. 겁에 질렸던 건지도 몰라요. 그분의 가문은 자긍심이 높거든요. 그건 저도 마찬가지고요!

게다가 아저씨께 책임감도 들었어요. 작가가 되려고 교육을 받았으면 최소한 작가가 되려는 노력이라도 해야 한다고 말이에요. 학비를 실컷 지원받고서는 결혼으로 배운 걸 써먹지 않는 건 옳지 못한 행동이니까요. 하지만 이제 돈을 갚을 수 있으니까, 조금이나마 은혜를 갚은 기분이 들어요. 또 만일 결혼을 하더라도 작가 생활은 계속할 수 있어요. 결혼과 작가 생활을 병행하는 것이 불가능하지만은 않을 테니까요.

그 문제를 오래 고심해 왔어요. 물론 저비 도련님은 사회주의자이니, 인습에 얽매이는 분은 아니에요. 어쩌면 가난한 사람과의 결혼에 다른 남자들처럼 크게 신경 쓰지 않으실지도 몰라요. 두 사람의 마음이 같고, 함께 있으면 늘 행복하고 떨어져 있으면 외롭다는 건 아마도 이 세상에서 둘을 갈라놓을 수 있는 것이 아무것도 없다는 뜻일 거예요. 물론 저도 그렇게 믿고 싶어요! 하지만 아저씨의 냉정한 의견을 듣고 싶어요. 아저씨도 좋은 가문의 사람이실 테니, 인정에 휩싸이지 말고 현실적인 관점으로 판단해 주세요. 아저씨께 이런 말씀을 드리는데 제가 얼마나 많은 용기를 내야 했는지 아시겠지요.

저비 도련님을 찾아가서 문제는 지미가 아니라 존 그리어 고아원 때문이라고 말하는 건, 너무 지나친 일이겠죠? 엄청난 용기가 필요할 거예요. 차라리 남은 생을 비참하게 사는 편이 나을지도 몰라요.

두 달이 지나도록 그분 소식을 한 마디도 듣지 않았어요. 산산이 부서진 마음을 간신히 추스렀다고 생각했는데, 줄리아의 편지가 다시 마음을 온통 휘저어 놓았죠. 줄리아는 대수롭지 않게 '저비 삼촌이 캐나다에 사냥을 갔다가 폭풍우를 만나 밤새 비를 맞고 폐렴에 걸려 내내 앓고 있다'라고 적었어요. 저는 그런 줄도 모르고, 그분이 한마디 말도 없이 사라져버렸다고 상심해 있었거든요. 그분도 몹시 슬퍼하고 있나 봐요. 저도 마찬가지고요!

제가 어떻게 해야 좋을까요?

_주디 올림

10월 6일

사랑하는 키다리 아저씨께

그럼요, 당연히 가야죠. 다음 주 수요일 오후 4시 30분에 찾아 뵐게요. 물론 길을 찾아갈 수 있어요. 뉴욕에 세 번이나 가봤고 저도 어린애가 아닌걸요. 아저씨를 직접 만날 수 있다니 꿈만 같아요. 오랫동안 아저씨를 마음으로만 그렸기 때문에, 아저씨가 뼈와 살로 만들어진 진짜 사람이라는 생각이 들지 않았거든요.

아저씨, 건강도 좋지 않으신데 저까지 염려해 주시니 정말 고맙습니다. 감기 조심하세요. 가을비는 몹시 축축해요.

_애정을 담아, 주디 올림

추신. 방금 무서운 생각이 들었어요. 아저씨 댁에 집사님이 있나요? 전 집사님이 무서워요. 문을 열어 주면 그 자리에서 기절할지도 몰라요. 그분에게는 뭐라고 말해야 하나요? 이름을 알려주지 않으셨잖아요. 스미스 씨를 찾아왔다고 하면 될까요?

목요일 아침

사랑하는 나의 저비 도련님이자 키다리 아저씨인
펜들턴 스미스 씨께

어젯밤엔 잘 주무셨나요? 저는 아니에요. 한숨도 못 잤어요.

너무 놀라고 흥분하고 당황해서, 그리고 행복해서 어찌할 바를 몰랐거든요. 다시는 잠을 잘 수도 먹을 수도 없을 것만 같아요. 그래도 당신만은 잘 주무셨기를 바랍니다. 그래야 얼른 나아서 저를 만나러 오실 수 있으니까요.

아, 당신이 그렇게 아팠는데도 저는 아무것도 모르고 있었다는 사실에 견딜 수 없이 괴로워요. 어제 의사 선생님이 저를 택시에 태워 주며, 지난 사흘간 당신이 가망이 없었다고 말해 주었어요. 세상에! 만일 그렇게 되었더라면 제가 있는 세상을 비추는 빛들은 모두 사라져 버렸을 거예요. 아주 먼 훗날 우리 둘 중 하나가 먼저 떠나는 날이 오겠지만, 적어도 그때는 우리가 행복하게 살아온 추억을 간직하며 살아갈 수 있을 테지요.

당신의 기운을 북돋워 드리려고 했는데, 오히려 제가 기운을 내야겠네요. 상상도 못 한 행복이 찾아왔지만, 또 그만큼 생각도 많아져요. 무슨 일이 일어날지도 모른다는 두려움에 마음에 그늘이 집니다. 그동안 전 잃으면 아쉬울 만큼 소중한 것이 아무것도 없었기에, 근심걱정 없이 태평할 수 있었어요. 하지만 이젠 남은 인생 동안 크나큰 걱정을 안고 살게 되었어요. 당신이 곁에 없을 때마다 자동차가 당신을 덮치지는 않을까, 간판이 당신의 머리 위로 떨어지진 않을까, 나쁜 벌레가 꿈틀대다 당신 입속으로 들어가면 어쩌나 하고 걱정하겠죠. 제 마음의 평화는 영영 사라졌어요. 하지만 어차피 지루한 평온함 따위는 바라지 않아요.

부디 얼른 나으세요. 얼른 얼른요. 당신을 손닿을 만큼 가까이 두고 당신의 존재를 확인하고 싶어요. 당신과 함께한 삼십 분은 어찌나 짧던지! 꿈이 아니었을까 두려워요. 제가 당신의 가족이라도 된다면(아주 먼 사돈의 팔촌 정도만 됐어도) 날마다 가서 책을 읽어 드리고 베개도 매만져 드리고, 당신 이마의 잔주름 두 줄도 펴 드리고, 따뜻하고 기분 좋은 미소가 다시 입가에 떠오르게 해 드렸을 텐데요. 하지만 다시 기운이 나셨죠? 어제 제가 돌아오기 직전의 당신은 그렇게 보였어요. 의사 선생님이 제가 훌륭한 간호사라고 했어요. 당신이 10살은 더 젊어 보인다고요. 사랑에 빠진다고 해서 날마다 열 살씩 젊어지진 않았으면 좋겠어요. 당신은 제가 열한 살처럼 보여도 여전히 저를 사랑해 주실 건가요?

어제는 제 인생에서 최고로 멋진 날이었어요. 아흔아홉 살까지 산다 해도 어제를 아주 세세한 부분까지 기억할 거예요. 새벽에 록 윌로우를 떠났던 여자아이가 밤에 완전히 다른 사람이 되어 돌아왔던 날을요. 셈플 부인이 새벽 4시 반에 저를 깨웠어요. 어둠 속에서 눈을 뜨자마자 머릿속에 든 생각은 '드디어 키다리 아저씨를 만난다!'였어요. 부엌에서 촛불을 켜고 아침을 먹고 화려하게 물든 10월의 거리로 나가 기차역까지 8킬로미터를 달려갔죠. 도중에 태양이 떠올랐어요. 단풍나무와 말채나

무는 불타듯 울긋불긋했고 돌담과 옥수수밭은 서리로 뒤덮여 반짝였어요. 맑고 산뜻한 공기에 묘한 기대감이 떠돌았어요. 뭔가 좋은 일이 일어날 거라는 예감이 들었어요. 기차를 타고 가는 내내 선로가 "넌 키다리 아저씨를 만날 거야"라고 노래하는 듯해서 마음이 푸근해졌어요. 아저씨가 제 문제를 해결해 주실 거라는 믿음이 있었거든요. 어디선가 아저씨보다 더 사랑하는 누군가가 저를 보고 싶어한다는 느낌도, 돌아오기 전에 뉴욕에서 그분도 꼭 만날 거라는 기분도 들었어요. 결국 어떻게 됐는지 아시죠!

메디슨 가의 집에 이르자, 집이 엄청나게 크고 으리으리해서 도무지 들어갈 엄두가 나지 않더군요. 용기를 내보려고 근처를 한 바퀴 돌았죠. 그런데 걱정할 필요가 없었지 뭐예요. 집사님이 매우 친절하고 자상해서 단박에 마음이 편안해졌거든요. "애벗 양이시지요?" 하고 물으셔서 "네" 하고 대답했어요. 스미스 씨를 만나러 왔다는 말은 할 필요도 없었어요. 그분은 저를 응접실로 안내했죠. 어둡고 엄숙한 분위기를 풍기는, 남자의 공간이었어요. 저는 커다란 의자 끝에 앉아 혼잣말을 되풀이했어요.

"드디어 키다리 아저씨를 만난다! 드디어 키다리 아저씨를 만난다!"

이윽고 집사님이 돌아와서 서재로 안내했어요. 저는 너무 떨려서 다리가 후들거리고 발걸음도 제대로 떼지 못했어요. 서재문 앞에 이르렀을 때 집사님이 저를 돌아보며 속삭였어요.

"주인님은 몹시 편찮으십니다, 아가씨. 의사가 어제까지만 해도 자리에 앉지도 못하게 했을 정도로요. 그러니 오래 계시지는 마세요. 주인님 상태가 더 나빠지기라도 하면 큰일이니까요."

그 말 속에 당신을 사랑하는 마음이 배어 있었어요. 참 좋은 분이에요.

그러고 나서 집사님이 방문을 두드렸죠.

"애벗 양이 오셨습니다."

제가 방으로 들어서자 뒤에서 집사님이 방문을 닫았어요.

밝은 복도에 있다가 갑자기 어두운 방으로 들어갔더니 잠깐 동안 아무것도 보이지 않았어요. 잠시 뒤 벽난로 앞에 놓인 커다란 안락의자와 반짝거리는 탁자 곁에 놓인 작은 의자가 눈에 들어왔어요. 그리고 한 남자가 베개를 받히고 무릎에 담요를 덮은 채 큰 의자에 앉아 있는 것이 보였어요. 제가 말릴 틈도 없이 그 사람은 비틀거리며 자리에서 일어나 의자 등받이를 짚고 간신히 선 채로 말 없이 저를 바라보고만 있었어요. 그리고, 그리고…… 그때서야 저는 그 사람이 당신인 것을 알아 보았어요! 하지만 저는 당신을 비라보면서도 영문을 몰랐죠. 그저 키다리 아저씨가 저를 놀라게 해주거나 당신과 만나게 해주려고 당신을 부른 줄 알았어요.

그때 당신이 웃으며 손을 내밀었어요. 그리고 말했죠.

"주디 양, 내가 키다리 아저씨라는 걸 정말 몰랐나요?"

그 순간 지난 일들이 머릿속에 스쳐 지나갔어요. 아, 전 정말 바보예요! 좀 똑똑했더라면 눈치챌 수 있는 일들이 숱하게 많았는데. 전 명탐정은 못 되겠지요, 아저씨? 아니, 저비? 제가 당신을 뭐라고 불러야 좋을까요? 저비라고 부르기엔 예의가 없는 것 같고, 당신에게 무례하긴 싫거든요!

의사가 와서 방을 나서기 전까지의 30분은 정말 꿈같은 시간이었어요. 저는 거의 넋이 나가서 기차역에서 세인트 루이스행 기차를 탈 뻔했다니까요. 당신도 얼떨떨하긴 마찬가지였나봐요. 제게 차를 권하는 것도 잊었으니 말이죠. 그래도 우린 정말, 정말 행복했지요? 록 윌로우로 돌아오는 어두운 길에 별이 어찌나 밝게 빛나던지요! 오늘 아침 콜린을 데리고 당신과 함께했던 곳을 모두 돌아봤어요. 당신이 내게 했던 말과 그때 당신의 모습을 기억하면서요. 오늘따라 숲은 청동빛으로 반짝이고 공기는 시리도록 맑아요. 언덕을 오르기 딱 좋은 날씨예요. 당신이 이곳에 와서 저와 함께 언덕을 오른다면 얼마나 좋을까요? 당신이 사무치게 그리워요, 저비. 하지만 정말 행복한 그리움이네요. 우린 곧 함께할 테니까요. 멀리서 마음으로만 서로를 원하는 것이 아니라, 이제 우린 진정 서로의 사랑이 되었어요. 제가 드디어 누군가의 사랑이 되다니 신기하지 않나요? 정말 정말 가슴이 설레요. 앞으로는 단 한순간도 당신을 실망시키지 않을 거예요.

_언제나 영원한 당신의 주디

추신. 이것은 제가 난생 처음으로 쓴 연애편지예요. 제가 연애편지를 쓸 줄 안다니 우습지 않나요?

세상의 편견과 차별을 뛰어넘은
사랑스러운 편지 묶음

편지 속에 담긴 고아 소녀의 성장기

존 그리어 고아원의 제루샤 애벗은 고된 하루가 끝나갈 무렵 현관문에 서 있던 키가 큰 한 남자의 뒷모습을 보게 됩니다. 벽 위로 드리워진 그의 그림자는 자동차의 불빛을 받자 다리와 팔이 점점 길쭉하게 늘어나 복도 바닥에서부터 벽에 걸쳐 기다랗게 뻗어나갑니다. 마치 장님거미 같은 이 모습이 키다리 아저씨의 첫인상입니다. 묘비명에서 따온 제루샤라는 이름이 싫어 스스로 이름을 바꾼 주디는 키다리 아저씨의 도움을 받아 공부를 하고 그 대신 매달 편지를 씁니다. 편지를 쓰는 동안 외로운 주디에게 키다리 아저씨는 가족이고 친척이자 사랑을 표현할 수 있는 대상이 됩니다.

처음 학교에 갔을 때 주디는 배경이 좋은 다른 소녀들과 자신을 비교하며 열등감과 자격지심을 가지죠. 하지만 특유의 낙천적인 성격으로 열심히 노력한 결과 미켈란젤로도 몰라서 망신을 당하던 처음의 서툰 모습은 사라지고 학업에서 눈부신 발전을 이룹니다. 또한 여러 시행착오를 겪으면서도 키다리 아저씨의 바람대로 작가의 길도 가게 됩니다. 존 그리어 고아원 출신의 주디가 학업 상의 발전뿐만 아니라 좋은 친구들과의 우정과 여러 경험을 통해 점점 자긍심을 갖게 되면서 행복한 여대생으로 자라나는 과정은 독자들을 감탄하게 합니다.

그 과정에서 무엇보다 중요한 것은 주디가 과거에 대한 콤플렉스를 극복하고 한 인간으로서 내적 성장을 이루는 모습입니다. 고아원에서 겪었던 상처와 기억들을 외면하고 지워버리고 싶어 하던 주디가 어느덧 과거를 돌아보며 잘못했던 일을 반성도 하고 상처 받았던 일들을 이해하기도 합니다. 그러다 결국에는 고아원 생활을 통해 인생을 보는 안목을 가지게 되었다며 고아원의 기억들을 긍정적으로 돌아볼 만큼 성숙한 마음가짐을 갖게 됩니다.

연애편지에서 엿보는 한 남자의 사랑

편지 형식의 글 속에서 독자들은 주디의 사랑 이야기도 몰래 엿보게 됩니다 이 책을 제대로 즐기려면 두 번 읽기를 권합니다. 한 번은 주디의 학교생활과 성장에 초점을 맞추어 스토리를 그대로 따라가고, 두 번째는 키다리 아저씨인 저비스의 관점으로 읽어 보세요. 이 두 번째 몰입에서 독자들은 한 남자의 심경 변화를 마음 깊이 느낄 수 있습니다.

저비스는 처음에는 그저 글쓰기에 재능이 있는 고아 소녀를 후원하며 성장 과정도 지켜보려고 했으나, 자존심도 세고 당돌한 그 소녀는 무엇보다도 자신에게 무한한 애정을 표현합니다. 결코 써줄 생각이 없는 답장을 꼭 받을 거라 기대하기도 합니다. 그 소녀가 무심코 던진 슬펐던 어린 시절의 이야기와 자기 비하 발언은 때때로 저비스의 마음을 아프게 했을 것입니다. 그래서 조카를 핑계 삼아 학교로 찾아가서 자신이 키다리 아저씨라는 사실을 숨긴 채 만나보기도 합니다. 그리고 그녀의 상냥하고 귀여운 모습에 자신도 모르게 마음이 점점 끌리게 됩니다. 그 소녀는 키다리 아저씨의 정체를 모른 채 편지에 저비스 자신의 이야기를 쓰기도 하고 록 윌로우 농장에서 자신의 흔적을 찾아보기도 합니다.

그러던 어느 날, 그녀의 곁을 맴도는 명문대생 지미가 나타납니다. 그는 주디에게 자신이 다니는 학교인 프린스턴 대학 교기를 보내 주기도 합니다. 저비스는 유치하지만 어쩔 수 없이, 지미가 있는 맥브라이드네 여름휴가에 가려고 들뜬 주디를 가지 못하게 막습니다. 주디의 거센 비난과 항의도 받지만 어쩔 수 없습니다. 지미는 주디에게 이것저것 가르쳐 준다는 둥 자꾸 가까이 있을 구실을 만들고 순진한 주디는 아무것도 눈치채지 못해서 저비스는 답답하고 불안합니다.

늘 작은 일도 시시콜콜 알려주던 주디가 프린스턴 대학 무도회에서 있었던 일을 말해 주지 않습니다. 어쩌면 지미가 주디에게 고백을 했을지도 모릅니다. 저비스의 심정을 모르는 주디는 편지로 지미를 칭찬하기도 하고 저비스의 얄은 꾀를 비난하기도 합니다. 게다가 저비스의 집안사람들과는 달리 주디는 어떤 경우에도 물질에 현혹되지 않고 오히려 학업에 쓰이는 돈 그 이상을 주려는 저비스를 꾸짖기도 합니다. 이런 매력적인 여성에게 끌리는 것은 당연합니다. 그런 사실을 알 턱이 없는 주디의 의도하지 않은 사랑의 줄다리기에 저비스는 서서히 빠져들어 결국 주디를 사랑하게 됩니다.

그런데 주디는 성장해 나가면서 글쓰기를 통해 자립하려고 시도하며 점점 저비스의 영향을 벗어나려고만 합니다. 독자마저 다 알아차린 한 남자의 애타는 심경을 주디만 모릅니다. 이것이 이 소설의 재미 중 가장 큰 부분입니다. 그런 의미에서 마지막 편지 끝에 '난생 처음으로 쓴 연애편지'라는 주디의 말은 실연의 엄청난 아픔을 겪다가 겨우 자신을 추스린 저비스와 처음부터 모든 과정을 다 지켜본 독자들에게 웃음을 안겨주며 이야기의 막을 내립니다.

《키다리 아저씨》에 담긴 우정 그리고 사랑의 설렘과 고난을 극복하고 성숙해가는 한 소녀의 성장을 통해 독자들은 진정한 행복과 사랑이란 무엇인지를 다시금 느낄 수 있을 것입니다.

진 웹스터 Jean Webster (1876~1916)

1876년   7월 24일 뉴욕 프레도니아에서 태어나다. 본명은 앨리스 제인 챈들러 웹스터(Alice Jane Chandler Webster).

1891년   친척인 마크 트웨인과의 사업적 마찰로 힘들어하던 아버지가 스스로 목숨을 끊다.

1896년   배서 대학에 입학하다.

1901년   문학사 학위를 받고 졸업하다.

1903년   동시대 여성들의 대학 생활을 그린《When Patty Went to College》(패티, 대학에 가다)를 출간하다.

1905년   《The Wheat Princess》(보리공주)를 출간하다.

1907년   《Jerry Junior》(제리 주니어)를 출간하다.

1908년   《The Four Pools Mystery》(4개의 연못 미스테리)를 출간하다.

1909년   《Much Ado About Peter》(피터에 관한 소동)를 출간하다.

1911년   《Just Patty》(말괄량이 패티)를 출간하다. 매사추세츠 주 타이링험(Tyringham, Massachusetts)의 오래된 농가에서《키다리 아저씨》를 쓰기 시작하다.

1912년   《키다리 아저씨》가 단행본 출간 즉시 베스트셀러가 되다.

1913년   《키다리 아저씨》를 각색하다.

1914년   《키다리 아저씨》가 연극으로 공연되다. 절친한 친구인 시인 아델레이드 크렙시(Adelaide crapsey)가 결핵으로 사망하다.

1915년   주디의 친구 샐리가 주디의 추천으로 존 그리어 고아원의 원
         장이 되며 일어나는 일들을 그린 《키다리 아저씨 그 후 이야
         기(Dear Enemy)》를 출간하다. 글렌 포드 매킨니(Glenn Ford
         McKinney)와 결혼하다.

1916년   딸을 출산하고 40세로 숨을 거두다.

1919년   《키다리 아저씨》가 무성영화로 제작되어 큰 인기를 끌다. 단순
         히 인기 있는 이야기를 넘어서, 고아들의 처우 개선에도 큰 역
         할을 한 작품이 되다.

옮긴이 **허윤정**

공학과 교육학을 전공했다. 대학 시절부터 전공과 무관하게 번역에 관심을 갖고 꾸준히 공부하여 잘 읽히고 감각 있는 번역 실력을 갖추게 되었다. 창작 능력도 뛰어나 각종 문예 공모전에 도전하여 입상한 바 있다.

키다리 아저씨

1912년 오리지널 초판본 표지디자인

초판 1쇄 펴낸 날 2025년 4월 15일
초판 2쇄 펴낸 날 2025년 8월 30일

지 은 이   진 웹스터
옮 긴 이   허윤정
펴 낸 이   장영재
펴 낸 곳   (주)미르북컴퍼니
자 회 사   더스토리
전   화   02-3141-4421
팩   스   0505-333-4428
등   록   2012년 3월 16일(제313-2012-81호)
주   소   서울시 마포구 성미산로32길 12, 2층 (우 03983)
E-mail   sanhonjinju@naver.com
카   페   cafe.naver.com/mirbookcompany
S N S   instagram.com/mirbooks

* (주)미르북컴퍼니는 독자 여러분의 의견에 항상 귀 기울이고 있습니다.
* 파본은 책을 구입하신 서점에서 교환해 드립니다.
* 책값은 뒤표지에 있습니다.